伏流する古代

西村 亨

大修館書店

伏流する古代　目次

清少納言と「をこの者」

「をこの者」と呼ばれる女房

源氏物語「常夏」の巻に「をこの者」ということばの珍しい用例がある。女房の文学の中で唯一の用語例ではないかと思われるものだが、これが取り上げて論ぜられたと聞いたことがない。本稿はこのことばを緒として話を進めたいと思う。

かくてこめおきて（衍カ）たれば、まことにかしづくべき心あるか、と人の言ひなすなるもねたし。女御の御方などにまじらはせて、さるをこの者にしないてむ。人のいとかたはなるに言ひ落すなるかたち、はた、いとさ言ふばかりにやはある、など思して（後略）

（引用は日本古典文学大系本に拠る。漢字の使用、句読点・傍点・傍注は私意による。以下同。）

とあるのがその箇所だ。源氏が玉鬘を自邸に引き取って大事に扱い、世間にはわが娘と称して注目を集めているのに対して、内大臣が対抗心を燃して、自分にも落胤はあるはずだと捜し出す。ところが出てきたのがとんでもない娘で往生してしまう。そういう滑稽な箇所なのだが、作者には十分な用意があり、出てきたのは内大臣がひそかに当てにしていた娘ではなくて、捜していた娘こそが光源氏のもとにいる玉鬘だったのだ。そういう取り違えの喜劇を設定しているばかりでなく、光源氏が玉鬘を引き取るに当ってはその容姿・人柄など世間に出して恥ずかしくないか、十分に調べているのに対して、なんでも娘がいるはずだ、聞き付けたら連れて来いと命じた内大臣も軽率なら、こんな娘がいると聞き出しました、とろくに調べもせずに連れてきてしまった息子の柏木も軽率だった。

そういう作意が窺われるおもしろい箇所なのだが、この誤って貴族社会に紛れ込んだ女性は作品中で近江の君と呼ばれている。その愚かしい滑稽さに読者は腹を抱えることになるが、この箇所での内大臣の心づもりでは娘の継姉に当る女御が里に下がって来ている、その周辺にはたくさんの女房がいるから、その中に混じらせて目立たなくしてしまおうというのだ。女房たちの中には「をこの者」と言われる者が何人かいる。それらと紛れさせてしまえば目に立たなくなるだろうという算段なのだ。

宮廷や上流貴族の女性に仕える女房たちの中に「をこの者」と呼ばれる特殊な人々のあることは、ほかに明確な証拠と言うほどのものがあるわけではない。後述するように、それに該当するような女房の存在はその目をもって見ればそれと言えようかという程度には求め得ることを本論は指摘してみようと企図するものだが、その微弱な主張にとって、作り物語であるとはいえ、貴族社会の生活を活写している源氏物語の中に女房の或種の者を「をこの者」と呼んでいる用例を見出すことは、その存在を裏付けるものとしてどれほどか力強い援軍となることと思われる。「をこの者」は女房の職種の下部分類のひとつであると主張することが許されるだろう。

「をこの者」の東西

「をこの者」の歴史には明暗があって、必ずしもその全容が脈々と流れ続けているとは見えないけれども、注意深く見るならば日本史の一章を成すに足りるだけの内容と注目に価する特色を見出すことができるだろう。

われわれはシェイクスピアの戯曲に親しんでいるお蔭で、日本のこと以上に、西欧の宮廷にフールと称するをこの者の存することになじんでいる。本稿を起筆するに際し改めて「リア王」などを拾い読みしてみたが、「リア王」に登場するフールはシェイクスピアがその才筆をもってフールのひとつの典型を描き上げたに違いないと思われる。フールの阿呆さ加減はそれが本性なのか、演技で見せているものなのか、判断がつかないほどにこなしきられているところに本領が存するものなのだろうが、「リア王」のフールはその阿呆の蔭に一貫する忠誠心をもって観衆の感動を誘わずにはやまないものがある。彼はしきりなしにジョークを飛ばしては傷付いた王の心を慰めようと試みる。その真意を汲み知った観客は感動を覚えるのだが、実在のフールのすべてがあのようであったと言えないことは誰しも承知の上だろう。もっと虚実取り混ぜたところにフールの実態が存したろうとは思うものの、ともあれ王侯貴族に奉仕する職掌としてのフールは西欧宮廷の歴史を彩る特色ある存在としてわれわれに印象付けられている。

中国歴代の宮廷に「をこの者」に類する侍者があったとは寡聞にして聞いたことがないが、日本では戦国時代の大名・領主の側近にお伽衆・お咄の衆が召し抱えられていたことは紛れもない事実だ。お伽衆・お咄の衆という名は夜のお伽、就寝前のひと時を咄をもって慰める役という内容をそのままに意味しているが、それも古くは信仰的な意味合いをもつものだったただろう。薄暮から初夜の頃、闇に紛れて窺い寄る魔性のものなどを防ぐ警戒の目的から発して、主公のつれづれを紛らす話し相手、珍しい話を話し聞かせる役、物語を読み聞かせる役などと、次第に役の内容が分岐し、豊かになっていったことを示している。(以下、この項では関山和夫

『説教の歴史的研究』〔法蔵館刊〕に多大の恩恵を蒙った。同書二四四頁〜二四五頁参照。）

同朋衆という名があるのは万葉集などに見られる「よちこ」などと同様、身分高い主公を取り巻くお側の話し相手・遊び仲間を意味することばから語義を拡張推移せしめたものと思われるが、前田利家のお伽衆の中に「物読み」と称せられる者がいて、軍書などを講釈したという。単なるお話し相手から職能が専門化し分化して、軍書を講釈する芸能者の淵原がこういうところに見えている。幸若・猿楽などの芸能者、僧形で話を得意とする者など、こういう中に加わってきて、これらの集団が多彩になる。平家琵琶や太平記読みなどの専門職が独立する契機となるという芸能史上注目すべき多彩な現象が生ずるのもお伽の衆の集団を母胎とするものだった。

豊臣秀吉のお伽衆が八百人もいたというのは専門化した人々の集団で、中には芸能の一座がそのまま組み込まれたものもあったのだろうという想像を招く。それらの中でも世に知られた者として曾呂利新左衛門の名が挙げられるのは、少年時代の読み物に登場してその頓知や即興に笑い興じた経験を持つわれわれの世代には感銘が深い。ソロリという不思議な名の由来として、自らの挿す刀の鞘がそろりと抜けるからという説明は分かるようで分からなくて、却って印象に残るものだったが、これなども必ずや一種の話術を伴っており、謎とき・落し咄の類であっただろうと今にして推定せられる。

ともかく、曾呂利の話芸が代表とされるだけでも、お伽の衆の職掌が滑稽をもって原義としたこと、それがことばの芸を核とするものであったことがおよそ決定づけられるだろう。

古代における「をこの者」

文献の上で最も古い「をこの者」の例は雄略紀と日本霊異記にその名の見えている小子部蜾蠃《すがる》だと言ってよかろう。その事跡の記録は専門職の語りを経過した感触を残しているが、これがことばによって笑いを招いていること、伝承の型を持っていることなどから、「をこの者」の痕跡を十分に推測させるものと認められる。

記事はふたつの主題に整理される。ひとつはチイサコという部曲の起原や職掌に関ること、もうひとつは蜾蠃が雷を制する力を持っていたことで、いくつかの異説や別伝があったと考えられる。

まず雄略紀六年三月の条には、天皇が后妃に養蚕を習わしめるため、蜾蠃に命じて国内から「蚕（こ）」を集めるようにと命ぜられた。これを誤り解した蜾蠃は「嬰児（こ＝わかご）」を集めて奉った。天皇は大きに笑いなさって、嬰児たちを蜾蠃に賜り、宮墻のもとで養育するようにと命ぜられた。これによって蜾蠃が少子部連の姓を頂戴したというのは蜾蠃が姓を持たぬ民だったのだろう。この記事は明らかに小子部という部曲の起原を説くものだ。小子部という部曲が実在したことは新撰姓氏録や正倉院文書などの史料によって明らかにされている。それらには小子部の文字が用いられているが、小子も少子も同じと見ていいだろう。実在のより確かなものとしては、天皇の側近に奉仕する童子・女孺を統率する「子部」という部曲がある。少子部はそれに類するものと考えられる。

あるいは少子部は侏儒をもって組織されて宮中の雑役に奉仕したとする考えもあるようで、をこの者の起原を考える上では興味ある着眼と言うべきだろう。古代には侏儒《ひきひと》や白人《しらひと》は宗教的に特殊な存在とされているが、そういう肉体的に特色ある人間を神の指定する者として特殊な扱いをしたことが転じて社会的に特殊な階層とされたので、それらがをこの者として貴人の側近に奉仕することもあり得たことだろうと思われる。蜾蠃も侏儒であったがゆえに天皇の寝室にまで自由に入りこんだという想像はさほど蓋然性の乏しいものとは思われない。

雄略紀の記事はほとんどこれに接続して蜾蠃が雷を捉えた話を記述する。

七年七月、天皇は蜾蠃に三諸《みもろ》の岳《おか》の神の姿を見たいから行って捉えて来い、と命ぜられる。

この箇所が同じ話を物語風に叙述している日本霊異記ではより詳しくなっていて、天皇が后と共に大安殿に寝ているところへ蜾蠃が知らずに入ってきた。天皇は照れ隠しに雷神を連れてこいと言われたことになる。紀のほうの記述にはそんな経緯はない。帝王とフールの応酬という観点からは霊異記の記述のほうが生き生きと興味深く感ぜられる。紀の記述では天皇が単におれは三諸の岳の神の姿が見たい、お前は膂力が人に優っているから行って捉えて来いと命ずるのだが、霊異記では折から雷が鳴ったので、天皇がこれを幸いにお前は雷を連れて来ることができるか、と問う。できます。そうか、では連れて来い、と命じたとあって、以下蜾蠃のいでたちや出かけて行く道筋、現地での発言というふうに委細を記してゆく。注目されるのは、蜾蠃が雷を捉えて来たところで、紀では天皇が斎戒していなかったので、雷神が光りひらめき目を輝かしているのに恐れて、殿中に逃げ入ったとあるのに対して、霊異記は雷神が光を放ち照り輝いているので、恐れて幣帛を奉り、落ちた所に返させた、とある。それでその地を「雷《いかづち》の丘」と言うのだと、地名起原譚として話を結んでいる。

さらに後日譚として、天皇が蜾蠃の死後その忠信を惜しんで、雷の落ちた同じ場所に墓を作り、「雷を取りし蜾蠃が墓」という碑文の柱を立てられたところ、雷がそれを怨んで鳴り落ち、柱を踊り踏むうちにその裂けた間に挟まって捉えられてしまった。そこで勅使が遣わされて、

「生きても死にても雷を捕へし蜾蠃が墓」という新しい碑文を立てられた、ともうひとつの挿話を追記し、古京の時に「雷の丘」と名づけられた、その「語《こと》の本《もと》」はこれだと話を結んでいる。

「ことのもと」は「縁」の字を当てられることが多いが、ことわざの本縁譚を本義として、歌の本縁譚である「歌のもと」と共に古代の伝承説話の主流をなしている。その断りが付いていることは霊異記が記録する以前これが氏族の物語として開祖の事跡を称え、氏族の任務を誇る氏人たちの心を満たしたものであったことを示している。それが代々の語部によって語り伝えられたのがいつしか世間流布の笑いと讃嘆の物語となって、記録時代の到達を待ち受けたものと思われる。たとえば、「生きても死にても……」という一句だけを取ってみても、それがいかに聴衆の心を喜ばせたか、想像がつく。古代史の専門家の間にも、少子部が宮廷において落雷の防護、避雷の呪術、雷神の祭祀などに仕えたであろうという推定がなされている。（たとえば吉川弘文館刊『国史大辞典』「ちいさこべ」の項〔志田諄一〕参照。）

日本霊異記はこのような点においても、古代研究の好資料だと言うことができる。日本紀の記述が雷を捉えた功によって「雷」の名を賜ったと伝えている一条などは、どこかに話のよじれがあるように思われる。三諸の岳がその時代から「雷の丘」と名付けられたという霊異記の伝えのほうがすなおに受け入れられるだろう。

王朝社会と「をこの者」

資料の乏しい時代には充分多くとは言えないけれども、それでも文芸の滑稽な方面にこの種の特異な人々の存在を考えさせずにはおかないひとつの傾向が見えている。

風土記の地名起原説話には神の言動に基づくものが多数記録されているが、その中にも笑いを誘うことを目的としたとしか思われない話がある。その典型的なものと言えるだろうが、播磨風土記の神崎郡波自賀の村の名の起原となっている話、大汝命《おおなむちのみこと》と小比古尼命《すくなひこねのみこと》とが聖《はに》の荷をになって遠く行くのと屎《くそ》まらずして行くのとどちらが耐え得るかを競う話がある。笑いの種というと汚い話、卑猥な話が登場するのは古くからの常例なのでご容赦いただきたい。大汝命が屎まらずして行くほうを取ったが、数日の後耐えかねて「我《あ》は行きあへず」と言って、しゃがみこんで屎まり給うた。その時、笹が屎を弾《はじ》き上げて衣に付いたのでこの地を「波自賀《はじか》の村」と名づけた、という。われわれにはなぜ村の名にそんな由来を伝えたいのか、理解しがたい気がするが、こんな話を神に纏わる由来としてまじめな顔で語る語部の口調に腹を抱えて笑った人々の顔が目に浮ぶ。もとより信仰が薄れた末代の姿だが、やがて物語を語る側にも変革は及んで、これが身過ぎ世過ぎの種となり、芸としての鑑賞をさえ生むに至るのだ。

作り物語が文字をもって記されるようになって以来のわれわれの手にすることのできる作品の中にもその面影は残されている。竹取物語が話の段落ごとに、落語のおちのような小さな滑稽をちりばめているのなども、語部の物語の残映と見ていいだろう。たとえば、燕の子安貝と思って握った掌の中に貝はなくて燕の糞だけしかなかったから「あへなきことをかひなし」と言うようになったといった笑いにしても、「ことのもと」を説く精神において語部の物語を継承するものであることは疑いを容れない。竹取・伊勢以下の王朝の物語はそういう精神的風土の上に成長したことを忘れるわけにゆかないだろう。

それにしても、少子部蜾蠃のような「をこの者」の末流はどうなってしまったのだろうか。宮廷生活の中に蜾蠃の後裔のようなをこの者が活躍する姿はなかなか見出すことができない。わずかに辞典の用例に見かけたものなのだが、三代実録の元慶四年七月二十九日の条に、

右近衛府内蔵富継、長尾米継、伎、散楽を善くす。人をして大いに咲はしむ。所謂嗚滸《をこ》の人に近し。

（岩波古語辞典「をこ」の項）

とある。「をこの人」という呼び方は「をこの者」とは微妙な違いがあるように思われるが、まずさほどの径庭はないと見ておこう。

富継・米継が「をこの人」と呼ばれる笑いの専門家に近いと言う以上、「をこの人」そのものではないという認識に立っているのだろう。しかし、この記事は、その行動はおおいに人を笑わせるものがあって「をこの人」と言ってもいいくらいだ、と言っている。

富継・米継についてはそれ以上の資料がないが、ここに二人が近衛の官人であると記されていることは、大変に関心をそそられる。元慶（八七七〜八八五）からは大分時代が下がって、堀川天皇在位の時というから十二世紀に入ろうか入ったかという頃のことになるが、宇治拾遺物語が伝えている「陪従家綱・行綱互に謀ること」（第七四話）に登場する家綱・行綱兄弟も近衛の官人だ。陪従《べいじゅう》というのは貴人の行列に付き従うお供の者のことで、近衛府の官人と言っても武者ではない。行幸先の寺社などで音楽・舞踊などを奉納する際に芸を演ずる楽人・舞人なのだ。その中に散楽を専門とする者がいたので、宇治拾遺の筆者も、

陪従はさもこそといひながら、これは世になきほどの猿楽なりけり。

と言っている。外来の散楽に人気があって、散楽が猿楽と転称され、音の上でも「さるがく」「さるがう」と転訛して、滑稽芸ないしは滑稽芸を演ずる者を意味するようになっている。注目されるのは「陪従はさもこそ」という一語で、天子の側近に仕える近衛の官人の中に滑稽を演じて人に印象を与える者がいるのは異とするには足りないと言っていることだ。しかも、ここに記されている一条はこの家綱・行綱兄弟は芸の上で滑稽を演ずるばかりでなく、滑稽の優劣を競う競争が生活そのものまでを滑稽化して人を笑わせるに及んでいるという点で奇談と言うべきだ、と考えている筆者の意図が明らかに見えている。

「をこの者」と実人生

ある年の内侍所の神楽に際して、帝が今夜はめったにないようなことをやって見せよとの御意向だと承ってきた家綱が弟を片隅に呼んで相談する。案出したのは神楽の庭燎《にわび》の周りを脛をむき出しにした寒げな姿で駆け回りながら、

よりよりに夜の更けて　　さりさりに寒きに

ふりちふふぐりを　　ありちふ炙らん

と唱えようというもので、要するに「夜の更けて寒きに、ふぐりを炙らん」という文句をおそらく当時流行のことば遊びによって唱えようと考えたのだ。語句の第一音の後に、ある法則をもって入れごとをして意味を取りにくくし、あるいは仲間同士の間にだけ通じる暗号のようにする遊びはわれわれの若い時代にも流行したことがあるので印象に留まっていたが、それが王朝末期から存したことを知ったのは宇治拾遺の記述によるお蔭だった。

ともかく、家綱が案出したこの案を、行綱が高貴の御前ではお咎めを受けるかも知れないと反対し、家綱はやむをえずつまらない芸でお茶を濁した。ところが、行綱の出番になると、行綱は兄のプランをそっくりわがものとして演じて大喝采を博した。家綱も随分くやしかったことだろうが、さあらぬ体《てい》で行綱と仲良く往き来していた。

少なくとも一年近くの間、家綱は機会を狙っていたものと見える。今度は賀茂の臨時の祭りの還立《かえりだち》の神楽に行綱が相談を持ちかけた。自分の芸の出番になって呼び出された時、御前に近い竹台（漢《から》竹・呉《くれ》竹を植えた台）のそばに寄ってそのそ動き回るから、その時「あれはなんする者ぞ」と声を掛けてくれ、そうしたら俺は「竹豹《ちくひょう》だ、竹豹だ」と答えていろいろと豹のまねをして見せよう、そんな思い付きを得たのだ、と言う。それは結構、囃しましょうと引き受けておいて、当夜いよいよという場面で、行綱が豹の真似をして這い出てきたところで、家綱が「あれはなんの竹豹だ」と声を掛けた。せっかくこれからというところで種をばらされてしまった行綱はなすところなく走って逃げ入った。

こういうところが実生活まで「をこの者」となった兄弟の滑稽だが、われわれの知る近現代にもこれに類する落語家や漫才師などのその種の逸話を思い浮べることができるだろう。芸として滑稽を演ずることは芸の上に止まるものではなさそうに思われる。芸として演ずる滑稽と実人生の滑稽と、分別がつかなくなるほどの境地がこの人々の究極にあるのではないだろうか。

近衛の官人のもうひとつの例を今昔物語集から引用しておきたい。時代は少し遡って次に述べようとする清原元輔と同時代の人かと思われるが、左近の将曹で秦武員《はたのたけかず》という者がいた。禅林寺の僧正の御前に参っている折に久しく蹲っていたせいか、思わずぷっと音高く放屁してしまった。僧正はもちろん、御前にたくさん伺候している僧たちも聞いたけれども、ことがことだけに誰もなんにも言わない。ただたがいの顔を見合せているだけだ。武員が左右の手を広げて顔を覆い、

あはれ、死なばや。（ああ、死んでしまいたい）

と言ったその声と共に一座の僧たちがわっと笑ったので、武員はその紛れに立ち走り逃げて行ってしまった。

この武員の行動に対する筆者の評語がおもしろい。こんな場面では音が聞えたらすぐに笑うがいいのだ。時が経過したらどうにもなるものでない。武員という「ものをかしく言ふ近衛の舎人」だから、死にたいなどと言ったけれども、苦りきって何も言わずにいたらどんな困ったことになったろう。そう言っているのは、「死にたい」という一語でこの場をなんとか切り抜けようとした武員の思い付きを評価しているのだろう。これも芸としての滑稽が身に付いて、とっさの場において知恵がはたらいたと見ているのだが、事実はもう少し滑稽人の身に付いた本能に近いものと見るべきかも知れない。ともかく関心を持たれるのは、「をこの者」の行動を愚か者の非常識なふるまいと見るのでなく、特殊なものとは言え、主体性ある行動としてその存在を容認していることだ。こうして「をこの者」の社会的な座が認められ、「をこ」ということへの評価が確立してきたのだ。

さらにおもしろいのは、「をこの者」――この時代には「をこの人」と呼ぶほうが一般的な用語のようだが、――への容認が近衛の舎人のような特定の職種の人に対するばかりでなく、より広く一般社会の人々に対しても拡がってきたと見られることだ。今昔物語集巻二八は滑稽を集成した、「興言利口」と名付けるべき巻だが、その中に清原元輔の滑稽ぶりを伝える一話がある。

清原元輔の滑稽ぶり

元輔が内蔵《うちのくら》ノ助《すけ》になって、祭りの使いを勤めた時、というから賀茂の祭りの斎院の行列に供奉する奉幣使として晴れの場に臨んだ時のことだ。物見の桟敷や車が並ぶ一条大路の真ん中で大失態を演じてしまう。ことは馬が道の真ん中の石に躓いて、乗っていた元輔がまっ逆様に落ちてしまったのだ。「年老いたる者」と言われているから、元輔晩年のことなのだろう。見物の人たちもああ気の毒にと思ったけれども、冠が落ちてしまったのでつるつるの禿げ頭が露出した。当時冠をかぶらない頭を人前に見せることは何よりも恥ずべきことで、しかもそれが禿げ頭とあっては笑いを誘わずにはおかない。馬副いがうろうろとして、慌てて冠を取って渡そうとしたのだが、元輔は「うるさい。少し待て」とそれを制して、殿上人たちが乗る物見車の立ち並んでいる前にやって来た。折から夕日が射す頃で、禿げ頭をてかてかと輝かせている様はなんとも見苦しい。大路に満ちた人々、車の人も桟敷の人も皆わいわいと伸び上がって様子を見ている。

その中を元輔は若い公達の乗る車の前までやって来て、お説教を始めた。「あなた方はこの元輔が馬から落ちて冠を落したのををこなこととお思いでしょう。それはそうじゃありませんぞ。その訳は、心がけのよい人でも物につまずいて倒れるのは当然のことです。まして、馬に心づかいがあるはずはありません。それにこの大路は大きな石がごろついていますし、馬の口も高く張っています。倒れる馬をどうすることができるでしょう。唐鞍は言うまでもありません。馬がひどく躓けば落ちるのは仕方がありません。また、冠が落ちるのは、何かで結わえ付けたものではありません。鬢でもってよく掻き入れるから納まっているものです。ところが、鬢がなくなってしまったのですから、冠が落ちるのは恨みようもありません。……」と理屈を説いて、なにそれの大臣は大嘗会の御禊の日に落しなさった、なんの中納言はいつの年の野の行幸に、また何中将は祭りの返さの日紫野で、と数え上げて、「このような例は数え切れぬほどあります。ですから詳しいことを知らぬ此の頃の若い方々が私をお笑いになってはいけません。笑いなさる公達こそかえってをこに思われますぞ」と、車ごとにこう説き聞かせてから大路の真ん中に突っ立って「冠を持って来い」と大きな声で命じて、冠を取ってかぶり直した。ここで見る人が声を揃えて笑ったことだった。

この話はわれわれをも十分笑わせてくれるが、さてその滑稽は元輔がどこまで意図して演じたものであるかという点になると、多少の迷いを覚えずにはいられない。今昔物語集の筆者は、

此の元輔は馴者《なれもの》の、ものをかしく言ひて人咲はするを役とするおきなにて、これも面なく言ふなりけり。

と評している。たまたまのことではない。元輔という人が滑稽な人間で、平素からおかしなことを言っては人を笑わせるのを自分の役のようにしていた人だ、と言うのだ。元輔が意図してのことだとは生きた時代が近い筆者の言うことばを信じていいだろう。貴族社会にこういう滑稽を演ずる人が存したのだ。しかし、それでも元輔を「をこの者」だとは言っていない。をこの者という滑稽芸の専門家だとは言おうとしない。

注目されるのは「馴れ者」という語で呼んでいることだ。「馴れ者」はことば通り物馴れた人、練達の人を原義とするだろうが、転じて世故に長けているがゆえに、物言いが巧みで人を

笑わせながら説得してしまう人、さらには滑稽なもの言いをもって世渡りをする人というように語義を転じている。今昔物語集にも「物言ひにて人咲はする馴者」（巻二八第五話）という用例がある。こうなるとほとんど「をこの者」と言うのと隔たりはないようだが、王朝の作品は「をこの者」の使用を避けているようにも思われる。おそらく、ほとんど「おろか」と呼ぶに近い「をこ」の使用を避けたのだろう。前述の近衛の舎人たちも「をこ」と呼ばれてはいない。「をこの人に近し」と言うところに筆を止めていると見受けられる。平安朝には「をこの者」「をこの人」の語のみがあって、その実例を見出しにくいのはそのあたりに理由があるかも知れない。「馴れ者」はその代用語だったのではなかろうか。あるいは実在する「をこの者」は化外の民とも言うべき下層の芸能者を指すことになって、使用が憚られたのかも知れない。

それに付けて思い起こされるのは冒頭に挙げた源氏物語の中に「をこの者」と言われている女房のあることだ。異例の用法かも知れないが、その用例は内大臣の思考を述べているものだ。内大臣の立場からならば、女御とは言えわが娘に仕える女房の中の軽蔑に任せてよいような者を「をこの者」と呼ぶことになんの憚りもないだろう。そういう特殊性が珍しい「をこの者」の用例を残すことになったのかと思われる。

「枕草子」という名の書物

話はようやく清少納言に及ぶところまで到達した。言うまでもなく、右の「馴れ者」と呼ばれた元輔が清少納言の父親だ。

清原氏は和歌の家筋として聞えている。元輔の祖父深養父は古今集時代の有力な歌人であり、元輔自身は万葉集に訓点を付け、後撰集を編纂した「梨壺の五人」のひとりとして世に知られていた。歌詠みとして当代一流の中のひとりであった人だ。官人としてはいわゆる受領階級にとどまり、官位もさしたるものではなかったが、世間ではまず歌詠みとして名が知られていた。娘が皇后定子に召されてその側近に仕えたのも歌の家の娘として和歌の教養を見込まれてのことだったに違いない。本人は和歌は得意でないからと言って、引っ込みがちに見受けられるが、それも自慢にするほどでないと言うだけのことで、日常の応接に事欠くわけではないし、和歌の道に関しては召されるにふさわしいだけの知識・教養を具えていた。

三巻本枕草子の跋文に、この本の由来としてひとつのエピソードが語られている。それは枕草子の成立事情を語るものだが、定子の兄伊周が草子を奉ったのを、定子がこれに何を書いいたらよかろうかと問いかけた。清少納言が「枕にこそ侍らめ（能因本は「し侍らめ」）」と言ったので、それではお前にと下賜せられたというのが概略のところだ。この「枕」の解釈がつかないで諸説を生じているが、清少納言が和歌の家の出であることから見て、また書かれている内容が「山は」「原は」という歌枕の列記を一半としている事実から見て、和歌に関する枕言、大切な知識を収集したノートを意味していることは疑いを容れない。

大体、われわれは枕草子と言えば清少納言を作者とする枕草子であると決めてかかっているが、古くは「清少納言が（の）枕草子」と作者の名を冠して呼んだものだ。「枕草子」は普通名詞であったのだ。仏教の方面の著作として世に知られているものに源信の著とされる「枕双紙」がある。仏家のものであるからその方面の口伝を集めているが、跋文にこれを「昼は座右に置き、夜は枕上に置いて」思観せよと言っている。それぞれの道においての大切な事項を書き留めて身辺に置き、繰り返し見てわがものとする、そういう書き留めが「枕草子」なのだ。つまり、この「枕」は枕言を意味している。

歌の道にはこの種の「枕」の用例が多い。大昔以来地霊を宿すと信ぜられたような重要な地名が「歌枕」、歌枕その他の特殊語彙に冠する信仰的な語句が「枕詞」、そうして和歌の道における「枕草子」は当然ながら歌枕や枕詞を列記したものだった。

「枕草子」の名をもって呼ばれてはいないけれども、そして清少納言より時代は遅れるけれども、「能因歌枕」の存在は和歌の道の手引きとしてこの種の書物が必要とされた実際を明確にわれわれに示している。清少納言の枕草子には、さらに実作に際してのこまやかな心遣いが見せられている。「能因歌枕」では、山は何山、何山、……と、ただ山名だけを列挙している。山を題材にするならこういう山を詠むのがよいという作歌上の参考を記しているのだが、それに留まっている。清少納言のほうは、「山は小倉山、かせ山、三笠山、……」と連ねて行く点は同じだが、

かたさり山こそ、いかならんとをかしけれ。

というような注記の付いた山名も出てくる。かたさる、すなわち遠慮して場所を譲るという山の名はどんな人と人、あるいは山と山との間にそのような経緯があったのだろうと「をかし」い、興味が持たれるという作歌のための参考を記している。単に山名を列挙するだけでなく、こういう知識をもって作歌に臨むがよいという親切な注記が加えられているのだ。
そういう配慮は歌枕に関してばかりではない。枕草子の冒頭――これが清少納言執筆時の冒

頭かどうかは慎重でなければならないが——には、この書物の冒頭としていかにもふさわしく感ぜられる「春はあけぼの……」の一段が置かれている。春を歌に詠むならば曙の景色を詠むのがよい、それはこうこういう情景・情緒がとりわけ優れているからだ、夏ならば夜がよい、秋は夕暮れだ、冬は早朝だ、とそれぞれの季節の情趣を述べている。ついで、一年の内のいつごろはどんな風に優れているか、季節季節の情趣を解説し、描写して、いかに歌に詠むべきかを語っている。その叙述が的確であり、その感覚が鋭敏であることがこの書物の作者としていかに清少納言が適格であったかを語っている。「枕にこそ」と答えた清少納言の意図はまさにこういう書物を意味していたのだし、「さば得てよ」という定子のことばも単にお前にあげようというのではない。お前に一任するよ、との意思表示だった。もとよりそうして作られる草子が定子を対象としていることは言うまでもない。

枕草子が和歌の知識ばかりでなく、定子周辺の後宮のできごとをあれこれと記し留めているのは女房日記の原義を留めていると見ればいいだろう。女房日記の原態は奉仕する貴人の身辺にあってその言行を記録し、できごとを書き留めるというところにあった。それがおのずから奉仕する女房の身辺の書き留めという色彩を濃くしたものだった。枕草子が定子自身とその身辺を記述するに止まらず、筆者である清少納言個人の日記のように見えてくるのは女房日記が作品としての自立性を獲得してゆく過程を示している。

清少納言の機知と笑いと

清少納言がフールでないことは言うまでもない。阿呆という意味でも、道化という意味でもフールではない。しかし、その言行が笑いを含んでいることは誰しも認めるところだろう。笑いにもいろいろな類別があるだろうが、清少納言の笑いは自らを弱者・愚者にして笑いの種に供することをしない。その点で「をこの者」の笑いがとかく自らを卑しめ、自らを軽蔑の対象としたのと大きく隔っている。父元輔の笑いとも異なっている。父に比べて娘はよほどプライドが高かったと見なければならない。

枕草子においては清少納言がみずからの失態を叙述したり、恥ずかしい立場を告白することはほとんどないが、第八七段に珍しく、危く自身を「をこの者」と見なしかねなかったような笑いを記録した一挿話がある。「職の御曹司におはします頃」のことだが、十二月の中旬に雪がたくさん降ったので庭に雪の山を作ることになった。役人たちを召し集めて高い山を作らせて、定子以下が興じた挙句に、これがいつまであるだろうと予測を言い比べることになった。

「十日はありますでしょう」「いえ十日以上あるでしょう」などと皆がせいぜい年内を言った中で、清少納言はひとり正月十五日まであると答えた。まさかそんなに、と定子以下信じないが、少納言がどこまでも言い張るので、賭けをすることになった。自分でも「ついたち」（上旬）などと言えばよかったと思ったのだが、と告白しているが、言い出したからにはと意地を張って押し通してしまった。

こうして始まった争いが内裏へ還啓の後も人を遣って様子を見させたり、雪の山を守らせたりしながら続くのだが、この件に関する限り定子は清少納言に対してかなり意地が悪いように見受けられる。後から降り積もった雪は払い捨てよと命じたり、いよいよ明日という前夜に人を遣わして残りの雪を取り捨てさせたりしている。意地を張る少納言が小憎らしかったとも思われるが、少納言も欺かれて辛く、悲しい思いをしている。勝ったら証拠の雪で物の蓋に小さな山を作り、白い紙に歌を書いてと計画していたのがすっかり裏腹になり、あと一日のことだったのにとしょげ返っていた。後日御前に出て真相を知った時には泣きたい気持ちだったと記している。

このできごとでは清少納言は泣きも笑いもできなくなっているが、もし本当に雪が消えていたならば、それこそ少納言にとってをこな場面になっただろう。そうして定子以下は喝采しただろうが、清少納言に意図してそういう役割を演ずる気持ちはありそうに思われない。清少納言が狙っているのは人々をあっと驚かせる機知の笑いなのだ。

別の段（二九九段）の話になるが、雪が高く降り積もった時、定子が「少納言よ。香爐峯の雪いかならん」と問いかける。香爐峯は白氏文集に「香爐峯下に新たに山居を卜し云々」と題する詩があって、当時の人々にはそれによって知られている。あの白楽天が毎日眺めていた香爐峯の雪はこんな日にどんなふうでしょうね、というハイグレードな問いかけをしたわけだ。それに合せて香爐峯の雪を話題にできなければ問題外になるわけだが、清少納言の反応は逆に一段上を行くものだった。格子を上げさせ御簾を高く捲き上げたから、みんなあっと思った。

ここの御前に仕えるほどの人々だったから、白楽天の、

香爐峯の雪は簾を撥《かか》げて看る

という詩句は大方が知っていよう。けれども咄嗟の際に、香爐峯の雪ならこうして簾を掲げて見るのがよろしいのでしょう、と実際に行動に移そうとは思い付かないのが一般で、それを思い付いて実際にやってみせるところに常人の思い及ばない少納言の機知の働きがあった。定子

もそれを笑ったし、女房たちの感動もそこにあった。

枕草子に見られる良質の笑いはこういう機知によって引き起こされる笑いだ。大進生昌の家に行啓のあった時、その家の門が小さくて車が入らず、筵道を敷いて歩かなければならなくなった。人前を歩くと予期していなかった女房たちが生昌を非難した中で、清少納言のなぜ門を小さく造ったのかという問いに対して、生昌は家の程、身の程に合せましてと答える。気のきいた答えをしたつもりだったのだろう。しかし、少納言は即座に「けれども門だけを高く造った人もいましたよね」と反問する。これは于定国の故事を言ったのだが、生昌は驚いて、常人の知っている知識ではないと舌を巻いて退散する（第八段）。男も知らないような漢学の知識をもってへこませてしまったわけだが、同様な例は「盧山雨夜草庵中」という詩の句を即座に返した（第八二段）とか、珍しい扇の骨を得たと自慢する人に「それは海月《くらげ》の骨でしょう」と言ってやりこめた（第一〇二段）とか、「餅餤《へいだん》」を自身で持って参れませんのでと公文書風に仕立てた文を添えて使いに持って来させた頭の弁に対して、自身で持って来ないのは「冷淡」でしょうとこちらも公文書風の文で応えたり（第一三三段）など、枚挙に耐えないほど見受けられる。

さらにそれに類するものでは、人に言いかけられ詠みかけられした場合の即座の返歌の秀逸なものなどがあるが、これらが才を誇る高慢と見られかねないところに清少納言の予期しない弱点が生じてしまったのは気の毒なことだった。それくらいなら、右の大進生昌が少納言の才に感じてその夜寝室に忍んできたのをなぶっている記事（同段）とか、農作業を演じて見せる農家の女たちを笑いの対象にしている（第九九段）など、無自覚な特権階級意識を露呈した笑いなどこそ批判されなくてはならない。しかし、時代や社会の相違はやむを得ないと言うべきかも知れない。

清少納言の機知による笑いは折に触れての即座の滑稽に新生面を開いたと言っていいだろう。咄嗟の際に人の意表に出るためには瞬時に比較・選択や判断、こう言ったならば人はどう感じるか、より効果あらしめるにはどうすればよいかなど、くるくると頭脳を回転させて最良の策を選ばなければならない。あるいは直観的に最良の策が閃くところにこの人の特性が存するのかも知れない。いずれにせよ、そこには当人の属する集団の習性が現れることも自然の成り行きだろう。をこの者の流れがとかく卑屈な態度をとりがちで軽侮の笑いを招くことになりがちだったのも、身分や家柄、階級・職掌のもたらすところだったかも知れない。もちろん個性や嗜好の差はあることだが、当人たちの意識や好悪を越えて、とかく集団の向う方向に制約されがちなのが人間の常だろう。清少納言における笑いの特殊性が注目される理由のひとつはどれほど伝統や時代から脱却し得ていたか、そしてそれが何に基づくかを考えさせられる点にある。

源氏物語の「あはれ」に対して枕草子の「をかし」を位置づけられた最初がどなたの発案か、不敏にして知らないが、「をかし」のほうはその概念規定にまだ問題が残されているように思われる。滑稽を意味した「をこ」の形容詞形が「をかし」だとする柳田国男の考えは誤っていないと思われるし、その「をかし」が広く興趣を覚えること全般に広まって美の感覚の一面を分担するようになった一方に、「をこ」はとかく下がかった方面に語義を拡大し、「尾籠」と当てた漢字を音読したビロウという新語となってをこの底辺を領域としたと考えることは本考察において大変妥当な感を覚えさせる。woko→waka→bakaという音の転訛も、あると見るだけの考察の基盤は考えられるだろう。

女房の中の「をこの者」

枕草子と並んで女房の生活の実際をうかがわせてくれるのは大和物語だろう。女房の中に清少納言同様に笑いに関与した者を求めて行くと、この物語に若干の例を見出すことができる。

五条の御という女房が絵の上手として登場する（第六〇段）。男のもとに自分の姿を絵に描いて送ってやったという話なのだが、その絵は女の周囲に煙がたくさんくすぶっているところを描いて、

君を思ひなまなまし身を焼く時は煙《けぶり》おほかるものにぞありける

という歌が添えてあった。

あなたを思ってこんなに身を焦していますというだけの内容だけれども、絵と歌とを照応させると思いの切実さが生きてくる。気のきいた文のありようだが、この女房は第一四三段に履歴が語られている。山蔭中納言の姪で、在原業平の娘が伊勢の守の妻となっているもとに女房として仕えているうちに守の寵愛を受けて召人となったのだが、そこへ業平の息子である滋春がかたらいついて、ひそかな交情を続けていたものらしい。第六〇段の話の男が誰であるか明記がないが、伊勢の守程度の男の妻に仕えているにしても、伊勢の守の召人であるにしても、ともかく女房階級の人であったことに違いはない。それが絵の上手で女房社会に知られていたのだった。

今昔物語集に「をこ絵」という語の用語例がある（第二八巻第三六話）。義清阿闍梨という僧がその名人で、筆付きはそうとは見えないのだけれども、ただ一筆で描いたのが何とも言われずおかしいのだとあって、その例としてこんな話を挙げている。ある人が絵を望んだところ何枚もの紙を貼り継がせて、その紙の端のほうに弓を射る人の姿を描き、反対の端のほうに的を描いて、中間にはすうっと細い線が引いてある。絵を頼んだ男が、何枚もの紙を継がせて何も描いてなければまだしも、線など引いて描き汚してしまったから何の役にも立たない、とぷりぷりするのに涼しい顔をしていたという。この話を参考にしてみると、をこ絵というものがよく分かる。本格の絵と違って一筆描きに物の姿をスケッチするといった絵なのだ。漫画に慣れているわれわれにはごく理解しやすいことだが、ぴったりと絵の具を塗るのが絵だと思っている注文主には理解できないことだった。この話ををこ絵の注釈として見れば、絵師の描く絵と違って漫画風の一筆描きをもって世相など写し取る簡略で滑稽な絵が存在したことが分かる。五条の御などもそういう技能を持っていたので、大和物語ではをこ絵という語は使っていないけれども、女房の職掌の中のをこなる要素と見てしかるべきものだと思われる。

もうひとり、これも名を挙げての逸話が五段にわたって続いている（第八一段―第八五段）。歌人として名を残した右近の逸話だ。その中の第八四段の話。交渉のあった男がお前のことは忘れないと誓った。「よろづのこと」にかけてと言うから命にかけてもと誓ったのだろう。それなのに男が冷たくなってしまった。そこで右近が言ってやったのが、

忘らるる身をば思はず誓ひてし人の命の惜しくもあるかな

の歌だ。百人一首にも取られているから人に知られた歌だが、現代では解釈が一定していない。熱烈な口調から、わが身を顧みず男を気遣う女心を詠んだととる説もあるが、大和物語の説明は心変りした男への皮肉と受け取られる。少なくともこの歌に近い時代にそういう理解を受けていたことを重く見なければならない。忘れられるに決まっているのに応じた私のことなどより、神に誓いなさったあなたのお命のことが惜しまれて惜しまれて……。一読して大笑いに転じる歌なのだ。

いったい、和歌は縁語・懸詞の使用、序歌のかかり方からして、自由な連想を利用するし、また着想の意外性をも楽しむから、表現の随所に滑稽の可能性を含んでいる文芸と言える。しかし、この歌は滑稽そのものを生命としているのであって、いわば「をこ歌」と言うべき性格を持っている。人との応接において笑いを醸し出すことを目的としている。「あはれ」を生命

とする歌とは一線を画していると言えよう。清少納言の機知と同種の、人との応接の機微の中に生命を存していると言ってもよい。

右近の仕えた穏子は醍醐天皇の后だから、枕草子や源氏物語からはひと時代以前のことになる。五条の御のほうはそのまた百年も前のことになる。その頃の後宮社会あるいは女房階級の間にこれらの滑稽を特技とする人々のあったことは充分の考慮に値するだろう。貴人の側近に仕える女房の中に「をこの者」の名をもって呼ばれてもいい人々のいたことは「をこの者」の歴史において注目すべき事実であるばかりでなく、大和物語がそれらの人々の名誉として伝えたほどの教養ある存在ばかりでなく、うずもれたをこなる女房もいくらもいたと考えることが許されるだろう。そして特記されるべきことは後宮社会におけるをこは卑猥を排して上流女性の社会にふさわしい品位と教養とを目指していたことだ。ただし、「をこの者」という語そのものが使用を避けられる傾向が早くから生じていて、をこへの注視を妨げていた傾向がある。源氏物語の作者がたまたま使用した一例がわれわれの前に扉を開いてくれた思いがある。

【後記】

書き下ろし。平成十九年春成稿

老年に至って脳の腫瘍を病み、気分もすぐれぬままに、蔵書の大半を整理して伊豆の山間に隠栖した。たまたま外科手術を受けた医師の手腕のお蔭であろう、頭脳の働きが旧に復して、その頃興味を覚えた主題を読書会の話題にしてみた。反応が悪くなかったのに気乗りがして、手控えをもとにして成稿したものが本稿。

小町像を保持した人々

四百年を隔てた問答歌

拾遺集巻九雑下に謎々合せに関する二首の和歌が残されている。一首は恵慶法師作、もう一首は曾根好忠作と記されているものである。(1) 謎々合せは言うまでもなく歌合せの一種として左右に方を分け、交互に謎もしくは謎を含む和歌を出して答えを求め、その解不解によって優劣を争うものであるが、競争の開始に当って宣戦を告げ、もしくはわが方の謎の難しさを誇示し、勝負に負けまいとする和歌の応酬を行うことがあったらしい。右の二首のうち、恵慶法師作のほうは明らかにこれが勝負の開始であって戦意を示すとともに、謎の出題を兼ねていると思われる。すなわち冒頭において、

種なくてなき物種《ものぐさ》は生ひにけりまくてふことはあらじとぞ思ふ

という歌が出されたのであるが、歌意は「負くてふこと」はないぞという示威であると同時に、種もないのに生い出るものは何でしょう、「蒔く」ということはないはずなのですよ、という

謎々になっている。

萩谷朴氏の『平安朝歌合大成』(2)においても、右の歌には有力な副文献資料は見当らないが、もう一首の曾根好忠の歌のほうには多くの関連資料が示されている。こちらは天元四年(九八一)四月廿六日故右衛門督斉敏君達謎合の折のものであり、左方から好忠の

わが言《こと》はえもいはしろの結び松千年をふともたれか解くべき

の歌が出されて競技が始まる。右方の

晩稲《おくていね》の今は早苗と生ひたちてまくてふ種もあらじとぞ思ふ

という返報があり、その後左方から「なぞなぞ、この頃古めかしき香のするもの」という出題がある。これに右方から答えが出なかったので、

いそのかみ古めかしき香するものは花橘の匂ひなるべし

と答えが明かされ、次に右方から出題があるという形で進行して行く。この謎々合せでは、問いは口頭で、答えは和歌で示されたものと見られる。

これらで謎々合せのおおよその形、あるいはそのバリュエーションが推測せられるが、この両者とも謎々合せであるとともに草合せでもあったようで、題となっている謎はいずれも植物を隠している。また、宣戦の歌は必ずしも謎の出題を兼ねているとは限らないようで、好忠の歌を謎の出題を兼ねていると見ることは困難だ。それに対する右方の歌「晩稲の……」を参照しても否定的な見解に傾かざるを得ない。(3)

それらはともかくとして、恵慶法師作の「種なくて……」の歌は種がないのに生えるものなあにという謎であるが、その答えはおそらく「萍（うきくさ）」であり、謎々合せの場においては、

蒔かなくになにを種とてうきくさの波のうねうね生ひしげるらむ

という和歌をもって答えられたであろうと推測せられる。これは筆者がたまたま『世界なぞなぞ大事典』(4)の担当部門を執筆していた際に考え付いたことであるが、萍が種を蒔きもしないの

に畑の畝ならぬ波の畝に生い茂っている。「種なくて……」の問いにみごとに答えている歌だと言うことができるであろう。ただし、周知のようにこの歌は謡曲「草子洗小町」のテーマとなっている和歌である。しかも、そこでは謎の答えなどではなく、小野小町が御前の歌合せのために用意した歌とされている。恵慶法師の時代と謡曲とではざっと見ても四百年を隔てており、更に時代を遡る小町が作者とされているのであるから、この二首を結び付けようとする着想は突飛に見られるかも知れない。しかし、

種なくてなき物種は生ひにけり蒔くてふことはあらじとぞ思ふ
蒔かなくになにを種とてうきくさの波のうねうね生ひしげるらむ

の二首を並べてみると、謎々合せの問いと答えとして、パズルの最後の一片を合せたようにぴったりと適合している。どう見てもこの二首は問答として組み合せられた一組と考えざるを得ない。しかも、「蒔かなくに」の歌についてその過去を語る資料は何ひとつとして見出されないのである。

この二首を一組の問答と見るためには、相応の説明がなくてはならないであろう。まず、

「蒔かなくに……」の歌がおよそ小町の作らしくないことには大方の賛成を得られるかと思われる。「草子洗小町」ではいかにも名歌のように扱っているけれども、それはこの歌が和歌の善し悪しを見分ける力のない別社会に流伝したことを示すものであろう。おそらく、この歌は謎々合せの席から流布して和歌の本道から離れ、その文学性とは質の異なる世界を経歴していたものと思われる。そして、その過程において小町と結び付けられたが、たまたま小町に「うきくさ」を修辞とする名高い歌のあることが知られていたために、これも作者は小町に違いないというような着想がそれを結び付けたかと思われる。

わびぬれば身をうき草の根を絶えてさそふ水あらばいなむとぞ思ふ

（古今集　雑下　九三八）

文屋康秀が三河の掾になって下向を誘ったのに対して答えたという詞書のある歌であるが、この歌が名高いので、同じく「うきくさ」を詠んだ和歌の作者としても小町を連想したものであろう。種を蒔くこともないのに、萍が畑の畝ならぬ波の畝に茂っている。謎解きの歌の機知が小町の歌の機知を連想して、小町を作者と決定するに至る。そういう経路を推定することができるであろう。

小町像の展開

小野小町が史上に実在した人物であることは古今集を証拠としても疑いのないところであろう。古今序に六歌仙のひとりとして数えられ、女歌の特色を代表するものとして称せられている。入集歌は古今集に墨滅歌を含めて十八首、後撰集に五首がある。その他、参考となる資料として、古今集に「小町が姉」の歌が見え、後撰集にも「小町が姉」のほか、「小町がいとこ」「小町がむまご」など、その係累をもって記し留められている歌がいくつかある。これらの存在は小町が当時歌人としての声名高かったことを推測させるものであろう。しかし、小野小町について、その実歴を証するものははなはだ乏しい。その名の「町」をもって後宮の采女町に住んだからの名であろうとし、あるいは何々の「町」と呼ばれるのが更衣の名である類例から、姉の「小野の町」が仁明天皇の後宮に侍した女性で、その妹の小町も宮廷生活に親近したたというあたりの推測はまず同感を覚えさせるものがある。しかし、世間に有名な、小町を出羽の郡司小野良真の女とするとか、深草の少将の百夜通い、あなめの薄などの話はいずれも俗説に基づくもので、信ずるに足るだけの根拠がない。小町の存在はその他多種多様の伝説・俗説に取り巻かれている。

片桐洋一氏の『小野小町追跡』(5)は小町の出自・経歴を考証した類書の中で、実在の小町を峻別し、これにいかに諸説が付加してきたかを見ようとする態度において他書に抽んでていると思われる。同書において注目される二つの要点の、ひとつは小町の履歴を考えるのに同時代人との交渉に限定しようとするところにあり、いまひとつは和歌史の観点から小町像の形成される過程を窺おうとしている点にある。氏は歌学の上の小町研究、あるいは伊勢物語研究が小町像のひとつの側面を形成していることを指摘し、これを「小町集」の検討等によって実証されようとする。氏は流布本「小町集」を五部に分け、

一　勅撰集入集歌を主として小町真作の可能性の濃厚な部分。(一→四五)

二　異本によって補ったと見られる部分。小町作であるとも、ないとも断定できぬ歌が多い。(四六→七七)

三　小町作と断定しがたい歌を中心としている部分。(七八→一〇〇)

四　「他本歌十一首」と断り書きがある部分。(一〇一→一一一)

五　「又他本五首」と断り書きがある部分。（一二三↓一二六）

というように纏められている。この流布本の編纂自体がこの時代に小町の作歌研究の態度のあったこと、確実に小町作と信ぜられるもの、その確信の持てないもの、疑わしくはあるが他本にあるので後考に俟とうとするものというように、独断を排した態度を見せているので、氏の言われるように研究の出発点に置くことができる。またこの中から小町に関する伝承の生じた跡、いわゆる小町伝承の芽生えを見ることもできる。氏は小町の好色・驕慢・衰老などの性格が引き出されてくる跡を指摘し、また詞書の中からその経歴を推定しようとする傾向をも見ることができるとされている。

氏の論法に沿うて少し先走りすることになるが、その主旨に沿うて論じてみれば、五七番歌の詞書に「四のみこのうせたまへる」とある四の皇子は、小町の時代ならば当然仁明天皇の第四皇子人康親王を指しているのであるが、後述するような小町と逢坂との地理的な因縁から連想がはたらいて有名な醍醐天皇の第四皇子蟬丸の宮を指すものと解してしまう。こういうことなどをも根拠として、逢坂の関と小町との関係に歴史的な事実が信じられるようになって、その関係を疑いがたいものとしてしまう。伝説と史実とが区別しがたいものとなる契機が生ずるのである。

歌学の上での小町像拡充は、古今集や伊勢物語の研究の進展がもたらした一面もある。古今集巻一三、恋歌三には、偶然業平と小町の作が並んで収められている箇所がある。

六二二　秋の野に笹分けし朝の袖よりも逢はでこし夜ぞひぢまさりける
業平の朝臣

六二三　見るめなきわが身をうらと知らねばやかれなで海人の足たゆく来る
小野の小町

古今集の編者は「逢はぬ恋」を主題とする歌を並べたに過ぎなかったのであろうが、平安中期以後盛んになる古今集研究では、この二首を問答と見て、業平と小町との間に恋愛関係があったと解する。同時に伊勢物語研究も盛んになって、似たような態度をもって「男」「女」に業平・小町を当てはめようとするから、こういう傾向は一層助長されるわけである。

そのほかに弘法大師作とも言われる『玉造小町子壮衰書』と題される漢詩文がたまたまその名に「小町」とあって、驕慢と衰老に通ずるところがあるためか、これをも小野小町を詠じたものというような混同が生じてくる。しかし、これらについては、片桐氏ほかの研究にお任せして、本論は別の観点に話を進めたい。

柳田国男と和泉式部

幸いに、小町と通ずるところの多い和泉式部について、その実歴をはるかに隔たるまでに拡充誇張せられるに至る式部像の成立過程を柳田国男が精細に論じた一篇がある。「女性と民間伝承」(6)がそれであることは言うまでもないが、この論中において柳田は、民間信仰を奉ずる女性たちが物語の主人公としてもまた女性の才能秀でた者を選んで、その生涯に仮託して信仰の功徳を民間にも分かりやすく説き聞かせようとしたこと、その手段として和歌・音曲・遊芸から果ては売色のたぐいにまで拠るに至ったこと、ことに和泉式部の伝承の場合は熊野信仰と関りが深かった関係から熊野比丘尼がその主流と見られることなど、数々の要点を指摘している。

これに比して、小町の場合は時代の相違もあるであろうが、その伝承を流布して歩いたのがいかなる人々であったか、把握するのに困難が多い。ただひとつ言い得るのは、さすがに和歌の道に重んぜられた人であるだけに、その説話が和歌に関すること、あるいは和歌を話のポイントとすることがより多く見られることである。

注意しておきたいのは、和歌を伝道の手段とした人々と歌道の専門家たちとの間に和歌に対する微妙な感受の相違が見られることである。一方が和歌の詠嘆を価値評価の基準として、文学としての和歌を価値の基準としているのに対して、一方は和歌の問答における機知を評価の対象としようとする傾向を見せている。これは柳田国男の所説の中にもいくらも例を見ることができるが、たとえば和泉式部が難病の瘡を患い、ある薬師に百日の参籠をしたけれども、なんの効験もないので、

南無薬師諸病悉除の願立てて身より仏の名こそ惜しけれ

と詠んだところ、夢の中に返歌があり、

村雨はただ一ときのものぞかしおのがみのかさそこに脱ぎおけ

とあって、たちまち平癒したという。薬師は衆生の病を癒すことを誓願としているにも拘ら

ず、その効験がないならば、わが身はともかくとして仏の御名に拘りましょうという恨みの歌に対して、蓑笠の懸詞で身の瘡を脱して平癒せよとの返歌だったわけである。式部の歌もことば足らずの名誉とは言えない歌であるが、薬師の返歌に至っては何の縁で村雨が出てくるのか、ただ身の瘡＝蓑笠という秀句を言うだけのためのことばの遊びにすぎないものである。

歌物語のある側面

和歌を弄んだこの種の洒落、地口の類は中世以後の芸能に数知れぬくらい頻出するが、おそらくは和歌の専門的な知識を持ち、和歌の道に恥ずかしからぬ人々の間にも遊戯的な一派を生み出す趨勢を生じたことであろう。連歌師などの先蹤とその諸国行脚の意義を考えてみる必要があるであろうが、和歌が文学と芸能との両方面に分離する過程と無縁のことではないと思われる。

和歌が文学としての和歌の一方に、それと混淆しながら、言うならば芸能性を多分に包含する一面を見せる様相を例示しておきたい。話が多岐にわたるのを避けて、なるべく簡単な例として「別れ」の歌の一類を挙げてみようと思う。和歌が「別れ」という類題を成立せしめたのは古今集の成立と相前後してのことであろう。古今集に羇旅と並んで「離別」の一類を立て、別れの情趣を和歌の持つ「あはれ」の一主題としたのはおそらく貫之の功績であろうが、貫之自身、

志賀の山越えにて石井のもとにてもの言ひける人の別れけるをりによめる
むすぶ手の雫に濁る山の井のあかでも人に別れぬるかな
（古今集　離別　四〇四）

の歌を撰入している。別れの情趣の規範とも言うべき作を示したものと言ってよかろうが、以下の勅撰集には、

亭子院のみかどおりゐ給うける年の秋弘徽殿の壁に書きつけゝる
伊勢
別るれどあひも惜しまぬ百敷を見ざらむことの何か悲しき
（後撰集　離別　一三二三）

流され侍りける時家の梅の花を見て

贈太政大臣

こち吹かば匂ひおこせよ梅の花あるじなしとて春を忘るな

（拾遺集　雑春　一〇〇六）

流され侍りて後言ひおこせてはべりける

贈太政大臣

君がすむ宿の梢をゆくゆくと隠るるまでにかへりみしはや

（拾遺集　別　三五一）

こういう離別の歌の典型と言うべき歌の数々が載せられるようになるが、注目されるのはこれらの歌が単に歌集としての勅撰集以下に収載されたばかりでないことだ。伊勢の「別るれど……」の歌がその背景を説く説話と共に大和物語の冒頭を飾っていることは周知の通りだが、そちらでは、

身ひとつにあらぬばかりをおしなべてゆきめぐりてもなどか見ざらむ

という帝の返歌をも載せている。歌の状況、人物の応酬を細かく描くことによって一層の「あはれ」を感じさせようという意図を見せているわけで、勅撰集の撰歌主体の態度とは違って、芸能の台本としての効果を主体とする態度の相違を感じさせる。

菅原道真の配流に際しての詠歌になると、拾遺集の二首にさらに一首を加えて大鏡時平伝の一節に道真配流のあわれな一節として物語化されている。歴史物語として分類される大鏡になぜ歌物語風な一節が挿入されているか、それだけでもひとつの課題となるであろうが、道真の幼いこどもたちまでがそれぞれに方面を変えて流されたことを言った後に、

かたがたに、いと悲しく思し召して、御前の梅の花を御覧じて、

こち吹かばにほひおこせよ梅の花あるじなしとて春を忘るな

また、亭子の帝に聞こえさせたまふ。

流れゆくわれはみくづとなりはてぬ君しがらみとなりてとどめよ

なきことにより、かく罪せられたまふを、かしこく思し嘆きつつ、やがて山崎にて出家《すけ》

せしめたまひてけり。その程極めて悲しきこと多かり。日ごろ経て、都遠くなるままに、あはれに心ぼそく思されて、

君が住む宿の梢をゆくゆくと隠るるまでもかへり見しはや

という一節がある。(7)

ここに三首の歌があるうち、第一首と第三首は拾遺集に収録されているものと変りはない。ことに「こち吹かば……」の歌は漢詩文にも優れた道真の「東風梅花を吹く」といった漢詩題風な風格を感じさせる作品だが、最後の「君が住む……」のほうはやや品格が劣って感じられる。上皇御所を「君が住む宿」と称するのは少し礼を失していようし、三句以下のなれなれしい調子は対象を違えているような感覚がある。おそらく、流人となった道真が直接上皇に文を送ることが許されなくて、上皇側近の知己の女房にひそかに送ったものをそっと御覧に入れたというような事情が考えられるのではないであろうか。

右の二首はそれでいいとして、理解に苦しむのは「流れゆく……」の一首で、配流を主題として自身を水屑に、上皇をしがらみに譬えた表現はいかにも下世話な洒落になってしまって、これが上皇様に対する奏上とは到底思われない。おそらくは芸能者などの舌先のさかしらで、

話の悲哀を増そうとの意図から挿入したものであろう。それが歌物語風にしたてられているのも、おそらく伝承の間の工夫の俤をとどめているものであろう。

謡曲時代の和歌

和歌をめぐる芸能の徒の存在が民間文芸の普及に大きく働きかけたことは事実であろう。今日その断片がさまざまな形で残存しているが、なおその整理には我々の力の及びがたいものがある。冒頭に挙げた「蒔かなくになにを種とてうきくさの波のうねうね生ひしげるらむ」の一首なども、謎々合せに列座した人から伝えられたか、あるいは謎々合せの記録を入手した人から広まったか、今日からは知る由もないが、おそらく「萍」を題としていることから小町に寄せ付けられて何百年かを経過したものであろう。謡曲「草子洗小町」は『日本古典文学大辞典』に拠れば、

「自家伝抄」に観阿弥作、「能本作者注文」系諸本に世阿弥作とあるが、「万葉集」に関する知識の欠如、歌合の小町の勝歌の拙劣さなど、到底世阿弥作とは考え難く、観阿弥作の

疑いを存しつつ、室町初期頃の作とするのが穏当。

とある。ひとつの疑問は「草子洗小町」が観阿弥もしくは世阿弥の創意になったとしても、右の辞典が疑問を示すように、あえてこのような拙劣な歌を一曲の要所に用いたのは納得のゆきかねることで、おそらくは原形となった曲があって、そこに用いられた歌を踏襲したものであろう。それほど小町もしくは小町伝説の題材とする芸能の歌は数多く流布していたと考えられる。謡曲では小町関係で現行の五曲を除いても、古典文庫の『未刊謡曲集』が廃曲として収載するものだけでも、十数曲を数える。

雲林院小町・清水小町・玉津島小町・山本小町・磯上小町・富士見小町・幽霊小町・夢見小町・芳野小町・市原小町・高安小町・俤小町・花小町・時雨小町・文殻小町

（異本を略す）

これらの中には、江戸時代になって作られたものもあるようであるが、いずれにせよ、現行五曲をも含めてまるまるの創作というものは少なく、いずれ伝承の素材となったものがあって、次々と小町を題材としてその生涯に関する逸話が世間の興味を引いて飽きられることがなかったのであろう。それも能に限ったことでなく、浄瑠璃・歌舞伎・歌謡の各方面にいわゆる七小町物を中心にその流れを見ることができるし、民間の小町踊りの普及をも各地に見ることができる。

信仰の面から見た小町

和泉式部の場合は幸いに熊野比丘尼がその伝説の保持に当ったことが明らかになっている。小町の場合、小野氏が日光その他に信仰の拠点を持って各地を往来したこと、それが小町伝説流布の因となっていることは柳田国男も折口信夫(8)も認めているところであるが、残念ながらそれがいかなる信仰であるか明らかでない。和泉式部の場合のように信仰との結び付きがその宣布にあずかって力があったか、小野氏の氏の神の力に発して芸能の興の力とその徒の国々遊歴の結果がその盛行を招いたか、想像の域を出ないが、ほとんど日本全国にわたってその痕跡を留めていることは和泉式部の場合に劣らない。おそらく同じような女流の信仰と芸能の徒がかつてその名を広め、その痕跡を残して歩いたことを推測させるばかりである。洛北において小

補陀落寺の（右）小町の墓と少将の墓。正面高くにあるのが小町、下方左手にあるのが少将のものと言われている。
（左）本堂に祀られている小町像。

町の信仰のひとつの拠点となっている補陀落寺は小町寺とも称して、ここでは「通ひ小町」の伝承を眼目としているらしく、小町の墓と、やや距離をおいて少将の墓とを祀っているが、別に本堂には小町の木像がある。これが美人をもって聞えた小町と言うにはふさわしくなく、少なくとも若い美女をかたどったとは見られないものである。

新京極の繁華街からも望まれる雄大な石塔のある誠心院には和泉式部の墓ばかりでなく、本堂に式部の木像を安置してあるが、これも右の小町像同様年老いた尼姿であり、美女の面影はうかがわれない。各地に残る小町像の多くはみなこれに類するものばかりで、錦仁氏の博捜された著書[9]にも小町の木像と言われるものはみな年老いた尼の姿であり、若い小町を刻んだ二、三のものは近年の作ばかりであると言われている。これは小町の事蹟を語った宗教者の姿が刻み祀られたものがいつしか小町その人のものと混同されたのであろう。小町を語る人がおのれ自身の経歴のように語り、あるいは小町の霊が憑依したように語ることからこの種の混同は起こりやすかったものと思われる。ことに、逢坂の関周辺では『関寺小町』に代表されるような老年の小町が主人公となる話柄が多かったことも影響を与えているであろう。

関蟬丸神社をめぐって

小町の出自と見られる小野氏は敏達天皇を祖とする古代の名族のひとつで、妹子をその栄達の頂上と見ていいであろうが、平安朝にはいってからも篁・道風など才能をもって世に聞えた人材を出している。その本貫は山城の愛宕郡、比叡の西麓とされているが、東麓の琵琶湖畔にも小野氏の遺跡を残す小野の地がある（現在大津市。湖西線小野駅近辺）。ここから山科・醍醐・深草にかけては小町の遺跡や伝承の多いところで、随心院・深草寺など特に深くその印象

湖西小野氏の根拠地。
（上）遠祖米餅搗大使主命を祀る小野神社。同正面。
（中）道風神社（柳に蛙の絵馬が上げられている）。
（下）小野妹子の墓とされる古墳。

（右）深草寺にある小町（左）と少将の墓。
（左）隨心院本堂の文張り地蔵。小町の恋文をもって張ったという。

を留めている。おそらくはそれらの寺院を拠り所とする宗教者ないしは芸能者の活動のなごりを留めているものであろう。

逢坂のかつて関の存したあたりに小町の説話の集中したことも理由あってのことであった。平安初期に円珍の再興以来三井寺（園城寺）の存在はこの地方の絶大の権威であり、以後幾度かの興廃はあったものの、おおむね変ることのない支配力を保持していた。

一九六五（昭和四〇）年筆者が採集に訪れた際知り得たのは、この地に鎮座する関蟬丸神社は逢坂山の坂神と蟬丸とが合祀されるようになったもので、その蟬丸の縁によって音曲諸芸能の祖神として全国からの信仰を受け来たったということであった。同社にはその関係の文書も多数保持せられているとのことで、二、三を拝見したが、神官から参考にと一冊の小冊子をいただいた。「文学士渡部多仲著　江戸時代に於ける藝團の組織とその統制」と題せられ、「郷社關蟬丸神社々務所」と記されている。内容は同社に保存せられている文書を整理して、各地の芸団を説教[10]・讃語・勧進師・音曲道に大別し、それらの

関蟬丸神社上社。

団体が興行や勧進について当社の免許を受け、事あるごとに免許料・奉納金を納めてその庇護を受けている実情を概説したものであった。その付記によってこれが京都帝国大学の中村（直勝）助教授の指導によったもので、学内で発表などした後未定稿との断りを付して印刷したもののようである。昭和十一年九月とある。その刊行から五十年を経て、近年に至って『関蟬丸神社文書』と題する一書が刊行された(11)。たまたま知り得て購入したところ、右にその一端を窺い得た同社所蔵のかなり大量の資料の全貌が整理紹介されていて、興味深いものであった。当社の縁起の類を冒頭に、寛永から宝永、多くは正徳以後の氏子関係の文書で、その興行の認可を初め氏子との間の金銭の出入りなども記録している。大部分は説経関係のもので、女性の芸能者に関するものは少なく、あっても細部が判明するもののないのは失望せざるを得なかったが、ひとつ教えられたのは神仏分離以前蟬丸社は近松寺《ごんしょうじ》の支配を受けていたことである。

この社が音曲の始祖とされる蟬丸を祭神としているところから芸能者の信仰を集めてきたことは世に知られているが、この一帯は前述のように三井寺の勢力圏に属している。古くは大寺では五師（の坊）と称して五つの有力な坊が寺務をつかさどっていた。三井寺の五師のひとつが近松寺であり、一般に高観音と称されている。この寺が芸能に縁の深いことは広く知られており、折口信夫は近松門左衛門の筆名なども近松寺の門前の小僧という意味で付けたものだろ

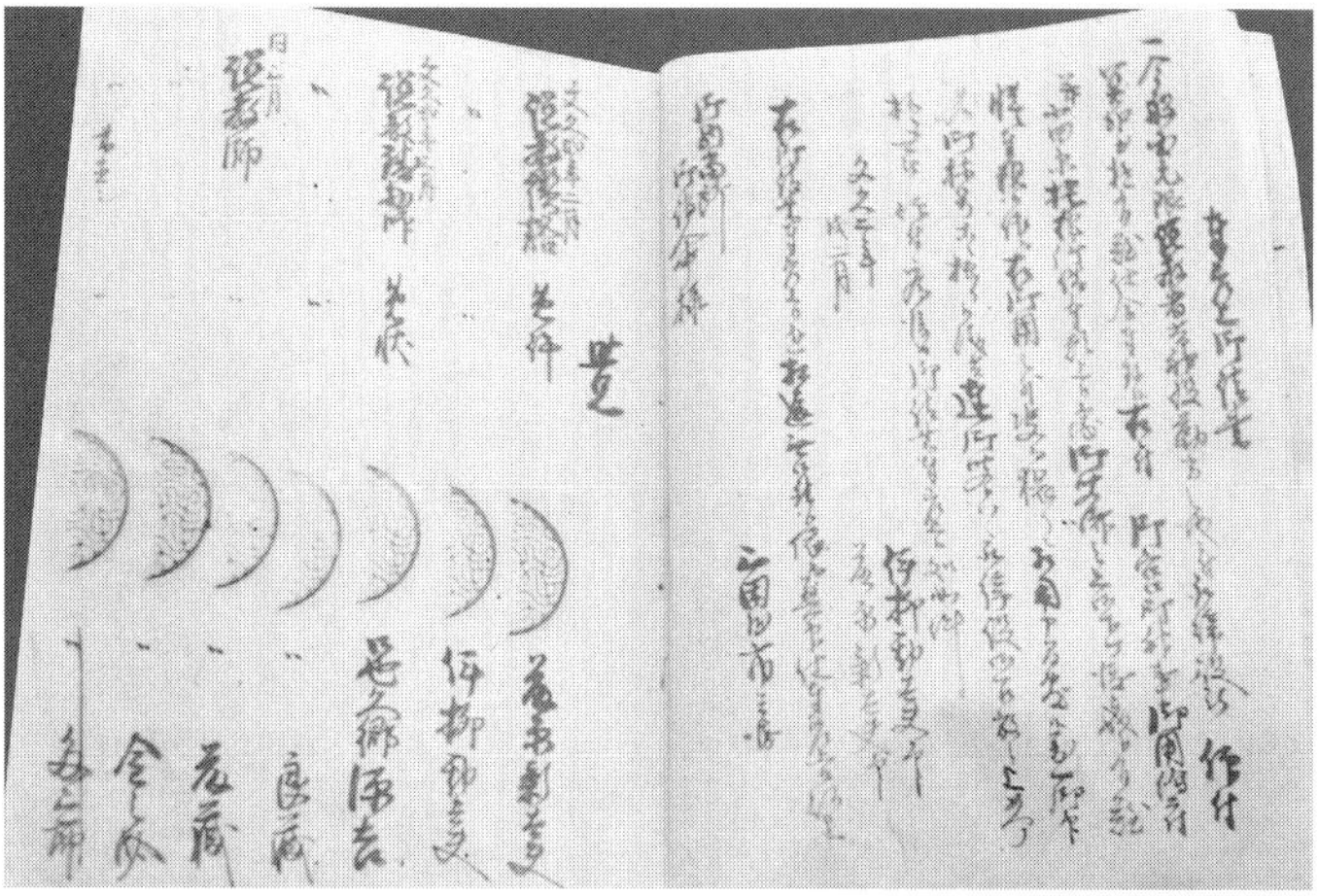

（上）蝉丸神社の保管する文書の一部。
（下）高観音は修築中で、たまたま「近松寺」の文字のある手水鉢を見かけた。

う、と講義の中で語ったことがある。この事実は古く小野氏の勢力下にあった語部の末流がこの地方にあって下級宗教者ないしは芸能者として近松寺ないし関蟬丸神社の勢力下に属していたという推定をなさしめることになる。

筆者が神官に聞いたところでは、多くは知らぬけれども、神社の裏手に明治維新の頃までは小町庵というものがあり、尼姿の者が住んでいたという。四間《よま》くらいの小さなもので、今はその跡に小町塚があるという。行ってみると、送電線の鉄塔が立っている空地の傍に小さな石碑

蟬丸神社裏の空地に建てられた「小町庵」の石碑。小町庵については、天保15年の文書に関連の記のある由。

があり、小町の代表歌が刻まれていた。

花の色はうつりにけりないたづらにわが身世にふるながめせしまに

【付記】

本論文の雑誌発表後、私はひとつの大きな過ちを犯したことに気がついた。本論考の終末近く、関蟬丸神社の文書に「説経」関係のものが多く、他のものが見出せないと述べたが、これについてはすでに室木弥太郎氏の『語り物の研究』や関山和夫氏の『説教の歴史的研究』に細密な研究と解説があり、同文書に「説経」と称されているものが同系統の多種類の芸能者を総括しての呼び方であることが指摘されているにも拘わらず、そのことを理解できずにいたのであった。女性の芸能者である瞽女や歌念仏等の「讃語」、あるいは白拍子・傀儡遊女などの「音曲道」に分類されるべき者をも蟬丸神社側では「説経」の名で包括しているのであった。おそらく小町を伝承した女性たちもみな「説経」の名で総括されているし、その氏名もいわば戸籍筆頭者に相当する代表者の名の蔭に隠れてしまったのであろう。小町を伝承した人々の痕跡はやはりここに残っていたのであった。

【注】

（1）五二五「草合し侍りける所に　恵慶法師」、五二六「なぞなぞ物語しける所に　曾根好忠」

（2）赤堤居私家版第二巻（昭三三）

（3）折口信夫はこの歌に「いはし」と「すびつ」が隠されていると見ている（「連歌俳諧発生史」新版全集第一四巻所収）。斉敏君達謎合に執筆当時目が及んでいなかったものと思われる。

（4）大修館書店刊（昭五九）

（5）笠間選書（昭五〇）

（6）『定本柳田国男集』第八巻所収

（7）引用は日本古典全書版を用いたが、用字は私見に従った。

（8）一例を挙げれば、昭和二十二年十二月折口信夫は小田急線の鶴川から京王線の百草園まで学生たちを連れて遠足を試みた。途中、枯れ草の陽だまりに腰をおろして多摩の横山の地形や東歌について、また小野路の謂れについて説明を行なった。

（9）錦仁著『浮遊する小野小町』笠間書院刊（平成一三）

（10）原文の用字に従った。

（11）室木弥太郎・阪口弘之編、和泉書院刊（昭六二）

【後記】

「芸能」第一一号（平成一七・四、芸能学会）所載

伝承の人物像としての小町に対する関心はほとんど終生のものであったが、秋田や熊本などの現地採訪を何度か企てながら機を逸してしまった。もはやそれも望みがたくなり、こんな形にでも纏めておこうと思って、芸能学会で講演をさせてもらった（平成十五年十二月同学会研究大会）。しかし、時間の配分が悪く、ＯＨＰの操作も不慣れで、不出来な話になってしまったので、雑誌掲載の際に手を加えなどしたが、なお不足があって、今回「付記」を添えた。

古代丹波（たには）の研究

——宮廷信仰と地方信仰と

古代における丹波

天智紀七年に左のような記事がある。

秋七月、高麗従《リ》二越之路一遣《シテ》レ使《ヲ》進《ル》レ調《ヲ》。風浪高《キ》故《ニ》不レ得レ帰《ルヲ》。

「越の路」ということばに注意が引かれるのであるが、朝鮮半島からの交通に日本海岸に上陸して近江へ越える道をとっている。内海航路が十分に発達したこの時代においても、たとえば北朝鮮との交通にはこの北方の路を用いることが便利であったらしい。日本海岸の港湾の重要さと便利さとが失われていないのである。これが唯一度の利用でなかったことは欽明紀三十一年四月の条に高麗の使いが越に漂着したという記事があることによっても証明される。これまた越の路を目指して来たものだったのである。

越の路と言うからには、この交通路はおそらく敦賀を上陸地としたものであろう。日本海岸の地形は出雲以東船の停泊に適する港湾に乏しい。若狭湾に至って初めて、宮津・舞鶴・小浜・敦賀などの良港を見いだすのである。中でも敦賀は、垂仁紀の一書にツヌガアラシトの話を伝えるように、古くから朝鮮半島との交通の主要な港のひとつであり、特にその位置が重くなったのは、大和との交通上主要な街道に臨んでいるという利点があることによるであろう。近江の湖東の文化なども敦賀との地理的な関係において見るべきかも知れない。

経が岬から西にも、久美浜湾・福田河口・竹野河口など、かつて港湾として利用せられたことの考えられる地形がある。福田川の河口には今日も浅茂川の港があるが、福田川が改修せられる以前、河口には浅茂湖という湖水があった。その東にある離湖とともに、これが砂嘴の発達以前には、直接外海につながって港湾を形成していたと思われる。久美浜湾は現在砂嘴の発達が進んでいて、湾から湖への変化の過程にあるが、このように砂嘴によって海岸の地形が変化し、港湾としての利用に盛衰があるのは、日本海岸に通有のことである。竹野河口は、今日では砂嘴と立岩あるいは屏風岩と呼ばれる切り立った岩の存在が港としての機能に遠い感じを与えているが、やはりかつては港湾のあった可能性がある。竹野川は全長三十余キロメートルに過ぎないが、水量の豊かな川で、その搬出する土砂の量も相当なものがあると思われる。砂嘴の発達が湾口を閉ざし、そこに生じた湖を河川が埋め立てる。竹野河口はその変化の終結した段階にあるものであろう。

日本海は冬季の季節風の吹き荒れる時期には危険も大きいが、沿岸航路は内海のような難所が少なく、なんと言っても直接朝鮮半島に向っているという有利な条件がある。大陸の文化を摂取するには、右の諸港湾がおおいにその機能を発揮することができたわけである。出雲・出石・丹波という地方が古代の日本において特殊な文化をもっており、それが歴史の上に投影していることは、それらの地方の地理的な条件、特に大陸交通に恵まれているということと無関係ではない。歴史時代にはいってもなお越の路の重要性が失われていないという事実が示すように、日本の顔が裏側に——北西の方角に向っていた時代がかつてはあったのである。大和宮廷が統一国家を作るべき力を持ち始めた時、これらの地方が無視することのできない勢力としてその前に存在したであろう。大和宮廷がいかにそれを処遇し処理し得たかは古代史のひとつの課題である。

記録の上に丹波が登場してくるのは四道将軍の派遣からであるが、その派遣される先を見ても、古事記では、

高志の道・東の方十二道・丹波の国

であり、日本紀では、

北陸・東海・西道・丹波

となっている。古事記は宮廷に服属していない地方を列挙することに目的を持っており、日本紀は四方という数に重きを置いているようであるが、そのいずれもが丹波を数に入れていることは、丹波が単なる一国という以上に大きな意味を持つことを示している。あるいは、日本紀は丹波から出雲に至る一連の勢力を丹波に代表させているのかも知れない。そして、ここに中央から派遣せられた将軍として日子坐命《ひこいますのみこと》（記）あるいは丹波道主命（紀）という丹波にとって重要な名が初めて見えるのである。

丹波出身の女性たち

丹波が大和宮廷にその特殊性を印象づけているのは、丹波から出て宮廷に仕えた女性たち、折口信夫先生の言われる「水の女」の存在によってである。

垂仁天皇の時代、皇后沙本毘売とその兄沙本毘古とが叛乱を起こした。よく知られた話であるから内容をしるすことは省略するが、この事件によって丹波の女性たちが歴史の上に登場する。皇后はこの時懐妊していて皇子を出産する。古事記によれば、皇后は天皇の問いに答えて皇子の名を付け、養育の方法を決め、最後に、

いましが堅めしみづのをひもは誰かも解かむ。

という問いに、

丹波比古多多須美智能宇斯の王の女、名は兄比売弟比売、この二柱の女王ぞ浄きおほみたからにませば、使ひたまふべし。

と答える。このことばに従って、皇后とその兄が誅殺された後、丹波の女性たちが召されるのである。

右の問答の中に出てくる「みづのをひも」というものの存在が問題になるのであるが、古事

記はこれを「美豆能小佩」と、特に「美豆能」の三字を一字一音で表記している。古事記筆録の当時にも重要な語彙であったことがわかるが、「みづ」は「瑞」の字を当てるべきことばであろう。「みづほ（瑞穂）」「みづのみあらか（瑞の御舎）」などと用いられる。その聖なるひもを沙本毘売が結び堅めたのを、だれに解かせたらよいか。天皇がそう問うている。

神聖な、神秘なひもをからだに結び付けることによって呪術的な効果を期待するのは万葉集の歌にも多くの例が見られる習俗であり、以下連綿として近代の民俗生活に至るまで続いている。この場合、沙本毘売がその処置をせずに、そのまま死ぬことが許されないほど「みづのをひも」に関する呪術は重要なものだったのである。

古代の后妃の最も重要な任務が典型的にあらわれるのが大嘗祭である。大嘗祭に際して、天子のみそぎに従い、聖なる水をもって呪術を奉仕した女性の存在したことは折口先生の論考に詳しいが（折口信夫全集新版第二巻「水の女」）、平安朝の宮廷生活で言えば、大嘗祭には「御禊の女御」の任命がある。大嘗祭の天子のみそぎに奉仕するきさきのひとりが特にこの際選ばれるのである。これがそのおりだけの臨時の任務であることもあれば、そのまま後宮にはいって后妃の列に加わることもある。折口先生はこういう女性のより古代的な姿を歴代の后妃の性格の上に見ようとせられたのである。天子が真に天子としての資格を持つために必要なある種の女性が存在したことは事実である。
「みづのをひも」が大嘗祭、あるいはそのみそぎに関するものであると断定するには根拠が乏しいが、「みづ」ということばはまた「水」にも通じている。水は聖なる——みづなる——液体であるが故にその名をもつものである。そして、「みづのをひも」の物語が皇子の誕生に続いて、その印象と重なるような形で伝えられていることも、そういう想像を助けるものである。大嘗祭は天子の肉体に天皇霊がこめ鎮められる意味において、まさにひとつの誕生なのである。
沙本毘売が天皇のからだに結び堅めた「みづのをひも」は、その家だけに伝承せられる秘密の結び目をもって結ばれたはずである。これを解くことができるのは沙本毘売自身か、もしくはその一族の特定の資格のある女性でなければならない。それ以外の者が手を触れることの許されない信仰的な禁忌がそれにまつわっている。
沙本毘売が推挙したミチノウシの王の娘兄比売・弟比売は、その後の記事では、
比婆須比売命・弟比売命・歌凝比売命・円野比売命（垂仁記、四女）
日葉酢媛・渟葉田瓊入媛・真砥野媛・薊瓊入媛・竹野媛（垂仁紀、五女）

というように異同を生じている。さらに開化記にあらわれた系図では三女、垂仁記の冒頭の后妃の記述では別の三女というふうに出入りがあってはなはだ紛らわしい。古事記伝はこれに明快な整理を施して、日本紀に示されている五女のうち、竹野媛を除く四女が長幼の順もその通りに正しい伝えであったと見ている。そして、弟比売ということばが、兄比売に対して、ある時は二人、ある時は三人の妹たちを包括しているとする。さらにウタコリヒメ・タカノヒメという名がマトノヒメの別名であると断じている。この最後の点だけは保留するとして、大筋はこの整理に従ってよいであろう。ともかく、丹波の国から数人の姉妹の一団が召されて宮廷にはいったのである。そして、兄比売なるヒバスヒメは皇后に、他の何人かは妃になる。

系図の上で、この丹波の女性たちは沙本毘売のめいに当る。そのことは開化記の日子坐王を中心とする関係系図（次頁）において説明されているが、この系図は多くの興味ある問題を含んでいる。そして、開化記にこの系図を置くことによって、崇神記・垂仁記以下のいくつかの説話に登場する人物たちの説明がなされているわけである。

丹波の女性たちが沙本毘売の異母兄弟の娘であるという系図のつながりによって、「みづのをひも」に関する呪術がこの間に継承されていたという一応の説明がつくようである。しかし、大和の佐保の地方を本拠とする沙本毘売と丹波あるいは近江に関係の深いミチノウシの王

［日子坐王関係系図（開化記による）］

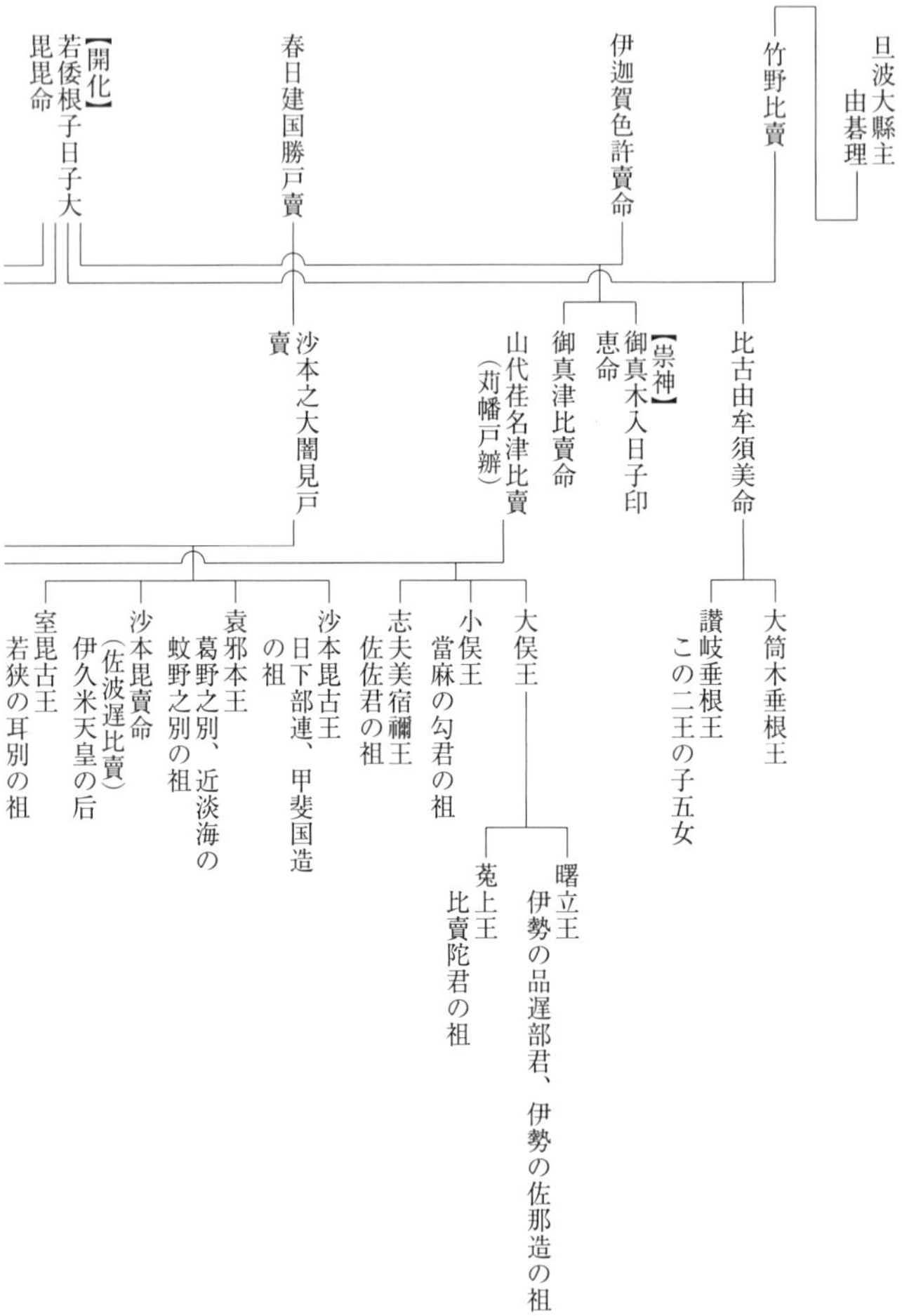
旦波大縣主
由碁理
竹野比賣
伊迦賀色許賣命
春日建国勝戸賣
【開化】
若倭根子日子大毘毘命
比古由牟須美命
【崇神】
御真木入日子印恵命
御真津比賣命
山代荏名津比賣
（苅幡戸辨）
沙本之大闇見戸賣
大筒木垂根王
讃岐垂根王
この二王の子五女
大俣王
小俣王
當麻の勾君の祖
志夫美宿禰王
佐佐君の祖
沙本毘古王
日下部連、甲斐国造の祖
袁邪本王
葛野之別、近淡海の蚊野之別の祖
沙本毘賣命
（佐波遅比賣）
伊久米天皇の后
室毘古王
若狭の耳別の祖
曙立王
伊勢の品遅部君、伊勢の佐那造の祖
菟上王
比賣陀君の祖

丸邇臣の祖
日子国意祁都命

意祁都比賣命

○袁祁都比賣命

近淡海の御上の祝がもちいつく天之御影神

葛城垂見宿禰

鸇比賣

日子坐王

息長水依比賣

○袁祁都比賣命

建豊波豆羅和気王
道守臣、忍海部造、御名部造、稲羽の忍海部、丹波の竹野別、依網の阿毘古等の祖

丹波比古多多須美知能宇斯王

丹波河上之摩須郎女

水之穂真若王
近淡海の安直の祖

神大根王
（八瓜入日子王）
三野国造、本巣国造、長幡部連の祖

水穂五百依比賣

御井津比賣

山代之大筒木真若王

▽丹波能阿治佐波毘賣

丹波遠津臣

比古意須王

伊理泥王

比婆須比賣命

真砥野比賣命

弟比賣命

朝廷別王
三川の穂別の祖

迦邇米雷王

高材比賣

▽丹波能阿治佐波毘賣

葛城高額比賣

息長宿禰王

河俣稲依毘賣

息長帯比賣命

虚空津比賣命

息長日子王
吉備の品遅君、針間の阿宗君の祖

大多牟坂王
多遅摩国造の祖

の娘たちとでは、あまりに縁が薄すぎる。そして、異母のきょうだいの家筋に同じ系統の呪術が継承されるということには、もひとつ必然的な理由の説明がなくてはならないであろう。

それよりも、記紀の諸系図には、日本国中の諸氏族がその血筋を宮廷の系譜に結び付けようとする大きな傾向が見えている。みずからの家の血統の正しさを証するために、その祖先が宮廷の系譜の末に連なるものであることを主張する。そういう系図の集大成が記紀の歴史の内容であり、それらの系図の整理と保証とに記紀の編纂の大きな目的があったと考えることができる。日子坐王関係系図なども、信仰的に日子坐王を家の祖神とする幾つもの家筋の系図の集成であると見られる。したがって、丹波の女性たちと沙本毘売との血縁関係などは、はなはだ疑わしいとしなければならない。丹波の女性たちの奉仕する水の呪術の起原説明がたまたま沙本毘古・沙本毘売にまつわって説かれたに過ぎない。なぜ丹波の豪族の家筋に継承する呪術の起原を沙本毘古・沙本毘売に関連づけて説くのか、その理由を明らかにすることはできないが、沙本毘古を家筋の祖とする日下部連の存在などが解決の鍵を握っているかも知れない。日下部連と同族と見られる日下部首は丹波に関係が深く、奥丹後半島に少なくとも二箇所の根拠地を持っている。

ともかく、丹波の女性たちが出でて宮廷に仕えなければならない、宮廷にとってもそれが必要である、という事実がある。それが沙本毘古・沙本毘売に関して説かれてはいるが、垂仁朝に起こった一度きりの歴史的事実ではなく、おそらく、ある時期、歴代の宮廷に繰り返された信仰的な事象であったであろう。そう考える根拠は後に述べるが、道主命の娘という資格を持つ女性たちが宮廷信仰に奉仕していた痕跡がある。そして、丹波固有の信仰というものを考えるならば、それは水に縁が深く、丹波の女性と水の信仰とは切り離すことのできないものである。

古代日本の各地方地方の豪族の女性たちは、それぞれに固有の信仰をもって宮廷に入り、宮廷の神に奉仕した。それが大和宮廷による国家統一の信仰方面でのあらわれである。各地方の高巫たる女性が宮廷にはいることは、地方的な信仰を宮廷に奉ることであり、地方の神の宮廷への服属を意味していた。丹波の女性が歴史の上に特殊な印象を残しているのは、大和宮廷にとって無視することのできない大きな勢力を有する地方であっただけに、この地方出身の女性の奉仕する呪術が丹波の服属の意味をもこめて重要視せられていたのである。後世まで丹波が大嘗祭の主基の国に選ばれることが多かったのも、大和宮廷にとって重要な意味を持つ地方であったことのなごりであろう。

ふたりのタカノヒメ

地方から宮廷に召された女性たちは、宮廷にはいって宮廷の神に奉仕する生活を送った。その中から后妃の数に入る者も数多く出たが、それは宮廷の神の妻となることの現実に移された形である。それ以下、宮廷の神の信仰は、宮人・采女などこの種の女性を要員として保持されている。そして、采女などの生活を見ると、ある期間宮廷に仕えて後、出身の地方に帰って余生を送るという類型があったようである。

丹波の国は和銅六年に分割せられて、丹波と丹後の二国になった。丹波の中の丹波と言うべき丹波郡の地は丹後の国に属することとなったが、丹波郡は後世中郡と改称された。丹波という名は、今日では峰山町に属する小地名として残されるだけである。この、国鉄峰山駅北方の丹波あたりがかつて丹波の郡家の存した土地であるが、古代の丹波にとっては、少なくとももう一箇所重要な土地がある。

竹野河口には、前に述べたように、かつて港湾が存したかと思われるが、この河口に近く竹野神社がある。延喜式に名の見える、この地方での大社のひとつで、丹後七社のうちに数えら

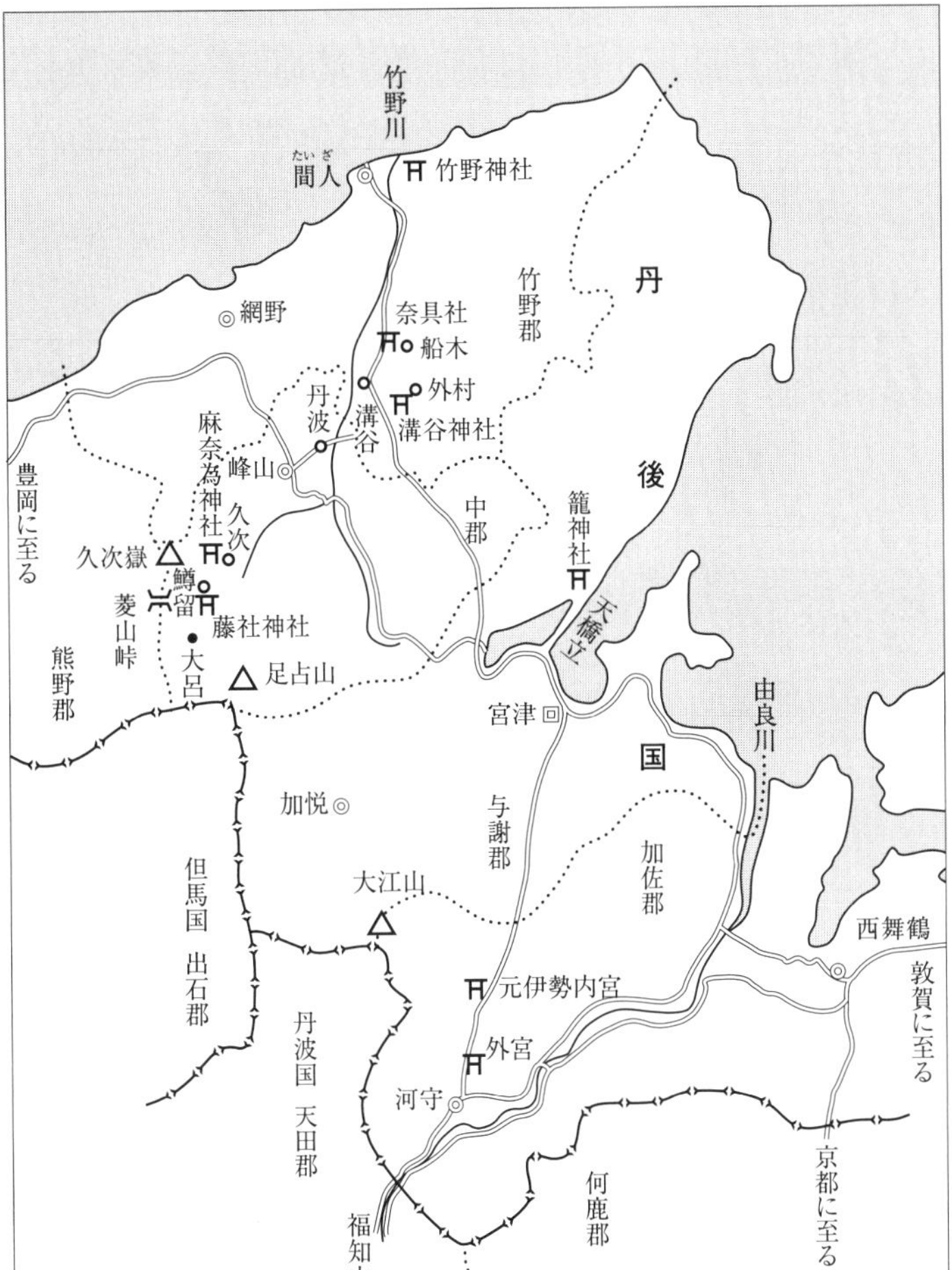
竹野川
間人《たいざ》
竹野神社
網野
奈具社
船木
竹野郡
丹後
外村
丹波
溝谷
溝谷神社
麻奈為神社
峰山
豊岡に至る
中郡
久次
籠神社
久次嶽
鱒留
菱山峠
藤社神社
天橋立
大呂
足占山
熊野郡
宮津
由良川
国
加悦
与謝郡
但馬国　出石郡
加佐郡
大江山
西舞鶴
元伊勢内宮
敦賀に至る
丹波国　天田郡
外宮
河守
京都に至る
何鹿郡
福知山に至る

［丹波関係参考図］

れている。この神社に隣接して神明山古墳という前方後円墳があるが、このあたりでは網野の銚子山古墳以外に類を見ない大規模なものである。土地ではこれを道主命の墓と言い伝えているが、この近辺一帯が和名抄に見える竹野郷であろう。

この竹野の地に竹野別という一族のあったことは日子坐王関係系図に見えているが、道主命の娘に竹野媛の名がある（垂仁紀）のは、やはりこの竹野の地に負う名であろう。竹野別は日子坐王と異母兄弟の建豊波豆羅和気王を祖とする一流で、いずれ道主命の血統と近縁の関係にあるものであろうが、竹野河口に港湾の栄えた時代を考えると、その一族が丹波と竹野とに分れ住み、緊密な交流を保っていたことは十分に考えられる。竹野もまた丹波にとって重大な意味を持つ名である。

道主命の娘の竹野媛は日本紀だけが名を伝えているが、ヒバスヒメ以下の四女とともに召されて大和におもむいた。ところが、竹野媛ひとりは「形姿醜き」によって本土に返されることになり、送還の途中、それを恥じて輿から落ちて死ぬ。この話は山城の乙訓の地名起原説話となっているが、同じ話を古事記はウタコリヒメ・マトノヒメ二柱のこととして、その地名起原も相楽・乙訓二箇所にかけて説いている。古事記伝はこれをマトノヒメひとりの伝記と解して、ウタコリヒメ・タカノヒメはその別名と考えている。

タカノヒメという名に関する限り、この名はかなり抽象的なものと言わなければならない。大和の佐保の地方を代表する女性がサホビメであるのと同じ意味合いにおいて、丹波を代表する女性はタカノヒメと呼ばれてよかった。道主命の娘たちはタカノヒメであり得るし、代々の丹波の豪族の娘たちもタカノヒメと呼ばれてよかった。そういう意味において、タカノヒメは個人の名であるよりも、その資格を持つ女性を示す普通名詞としての性格を持っている。

事実、タカノヒメという名を持つ女性は、もうひとり日子坐王関係系図に見えている。丹波の大県主由碁理の娘で、開化天皇の後宮に仕え、比古由牟須美命を生んだ竹野比売である。この女性も丹波の豪族の娘たる点においてまさにタカノヒメの資格を持つものであるが、竹野神社の伝えによると、年老いて後天照大神を奉じて故郷の竹野に帰り、ここに大神を祀った。それが竹野神社の縁起である。

竹野神社の主神は天照皇太神であるが、竹野媛命（日子坐王関係系図の竹野比売）をも合わせ祀っている。この社は明治の神社制度改革の際に竹野神社の名を正式の社名として届け出たが、斎宮《いつき》神社の別号があり、祭神竹野媛命を斎《いつき》大明神とも称している。今日でも地方的な崇敬からは「いつきさん」の親称をもって呼ばれることが一般である。そして、現在竹野媛命は摂社斎宮神社として祀られている（神職桜井家文氏の教示による）。この形はほかにも例が多いが、神と神に仕えた巫女とが祭神として並ぶ形である。

竹野比売が天照大神を祀ったとする竹野神社の縁起は、これまた古代の地方女性の生活のひとつの典型を伝えている。竹野比売が丹波の豪族の娘で、その地方の信仰を保持する高巫であること、それが出でて宮廷に仕え、后妃のひとりとなったこと、ある期間宮廷の信仰に奉仕した後宮廷の神を奉じて故郷に帰り、宮廷信仰を地方に宣布したこと、それらの諸条件がまさに采女などのもうひとつ古い型を見せているのである。

道主命の娘の竹野媛と、竹野神社の神となった竹野比売と、ふたりのタカノヒメはそれぞれの個人であると見るよりも、タカノヒメなる資格を持つ複数の女性に共通した性格が形を変えて投影したものと見るほうがより適切な感じを与えるであろう。代々の丹波の豪族の娘が宮廷の神に仕えた信仰生活の印象が幾通りかに重ねて伝えられていたのである。「形姿醜き」を恥じた竹野媛が輿から落ちて死ぬ話なども、年老いて後仕え慣れた宮廷を去って故郷へ帰り行く女性たちの悲痛な心情を反映したものと見るべきかも知れない。大和から歌姫越えに山城の相楽に出て、木津川左岸を下って楠葉に至り、山崎に渡って、乙訓を経て老ノ坂から丹波路へかかってゆく。おそらく、一団となってそんな道筋の往復を繰り返した丹波の女性たちがあったのであろう。

天照大神と丹波

丹波・丹後分割以前の国府がどこにあったか明らかではないが、丹後の国となって後の国府は天の橋立北岸の府中の地に置かれたと推定されている。丹後一の宮の籠《この》神社もこの地にあり、近くに国分寺跡も発掘されている。古代の丹波にとって重要な土地であった丹波郡あるいは竹野郡から、政治上の中心が与謝郡へと移っているのである。

籠神社は延喜式では山陰道唯一の月次・新嘗の官幣にあずかる大社で、当時におけるその位置の重さが推し量られるが、彦火明命を主神に、相殿の神として豊受大神・天照大神ほか二座を祀っている。神社の伝えによると、もと与謝の宮と称したのを大化以後籠神社と改め、養老三年以後現在の地に移って火明命を主神とするようになった、ということである。つまり、この時分に籠神社の信仰には大きな変革が起こっていると思われるのである。

彦火明命は神代記・紀に見える神名で火明命・天火明命と呼ばれ、伝えによってニニギノミコトの子とも兄ともされている。この神は尾張連の祖であると注記されているが、また天孫本紀には火明命の六世の孫に建田背命があり、海部直・丹波国造・但馬国造等の祖となっている。この海部直がおそらく籠神社に仕えた神職の家であろう。籠神社の神主は現在に至るまで海部氏であり、始祖火明命以下の系図が保存せられている（太田亮氏「姓氏家系大辞典」）。天平九年の但馬国正税帳に丹後国与謝郡大領として海直忍立の名が見えるのもこの一族であろうから（同前書）、海部直の祖先は与謝郡一帯に勢力を持って、信仰と政治と両面にわたってこの地方を支配していたことが考えられる。同じ血筋が丹波国造・但馬国造であったのだから、いずれ同族がかなり広範囲にわたって丹波の支配勢力であったことがわかる。

この事実は日子坐王あるいは道主命を古代丹波の支配者であるとする伝承とは矛盾を生じている。少なくとも、日子坐王や道主命の血統が奈良朝ごろの丹波を支配してはいないのである。それにもかかわらず、同じ時代に編纂せられた古事記や日本紀は、丹波に関して日子坐王や道主命の名を大きく印象づけている。旧事記はもとより成立の疑わしい書物ではあるが、その内容のすべてが架空のものであるとは思われない。ことに天孫本紀と海部直の家の系図とが一致するというような点は無視できない。そうすると、丹波の支配勢力としてこの二種のものの間にある断層は何を意味するのであろうか。古代丹波についてのひとつの大きな謎である。籠神社の信仰に大化以後養老のころ変革があったことも、それと無関係ではないであろう。

籠神社は長い間、海部直がみずからの家の祖神を祀った社として、その神に奉仕してきた。

しかし、社の伝えでは、現在奥宮のある真名井が原の地に古く豊受大神が鎮座せられたのがこの社の起原で、養老三年本宮を現在の地に移し、彦火明命を主神に、豊受大神と天照大神とを相殿の神に祀ったものであると言う。つまり、この地方に広く分布している豊受の神の信仰が根本にあって、それに重ねて、国造の同族でもあり、信仰・政治両面にわたってこの地方の支配者であった海部直の家の信仰が表面に立つようになったのである。そうして、奥宮の裏にある磐座を子種石と言い伝えているところをみると、もともと自然崇拝に発した信仰が変遷を重ねてきたもののようである。

天照大神と籠神社との関係は、籠神社の古称与謝の宮の名によって大神の経歴に結び付けられている。倭姫命世記などいわゆる神道五部の書の記載と神社の伝えと大きな違いはない。神道五部の書は繁簡の差はあるが、大略次のような内容を与謝の宮に関して伝えている。

一　天地開闢のはじめ、豊受の神と天照大神との間に幽契が結ばれた。

二　崇神天皇の代、天照大神は宮中を出て大和の笠縫の邑に移り、次いで丹波の与謝の宮に遷幸、ここに四年の間鎮座した。

三　この時、豊受の神が天降り、天照大神と徳を合せること天の少宮《わかみや》の義のごとくであった。

四　雄略二十一年、倭姫命の夢に、天照大神が一所のみでは御饌も安くきこしめさぬ、豊受の神を迎えるようにと告げられた。

五　これによって翌年、真名井が原から豊受の神を迎え、度会の山田の原に鎮座した。

六　重ねて託宣があって、われを祭る時には、まず豊受の神の宮を祭り、しかる後にわが宮の祭事を勤めよと告げられた。これによって、もろもろの祭事は豊受の宮を先にする。

つまり、これが伊勢の外宮の神の由来なのであるが、こういう由緒によって、籠神社には豊受大神と天照大神とが並び祀られているのである。

ここで注目されるのは、伊勢の神宮の伝承も、籠神社の伝承も、ともに豊受の神の本地を丹波であると明示していることである。丹波の土地の神が宮廷の神の信仰と結び付いて宮廷信仰の一端を形成する。宮廷信仰と地方信仰とのひとつの融和点がここに見られるのである。そのことについてはなお後に述べるが、天照大神に関しても、大神自身が与謝の宮にある期間奉斎せられたとすることが、地方信仰に対して一種の満足を与える処遇なのである。

倭姫命世記には、天照大神が笠縫の邑を出て後伊勢に鎮座せられるまで、各地に数か月ないしは数年ずつ奉斎せられたことを記録している。丹波の吉佐（与謝）の宮に四年、大和の伊豆加志の本の宮に八年、紀の国の奈久佐の浜の宮に三年、吉備の国の名方の浜の宮に四年というような具合である。こういう記述はそのままに大神の経歴としては受け取りがたい。巫女の夢遊状態における発言がこの種の歴史を形成する要因となるのであろうが、それぞれに天照大神の信仰を持つ地方の名社の主張を並列し、伊勢遷幸の道程に織り込むことによって大神の履歴が作成されるのである。そうして中央の記録に名を連ねることが地方信仰にとっては非常な権威の保証となる。

与謝の宮は伊勢以前に天照大神の信仰を保持したことから元伊勢と呼ばれる。今日なお、籠神社は元伊勢の名でこの地方一円の信仰の対象となっているが、同じ丹後の国内にもう一箇所元伊勢の信仰を持つ土地がある。大江山東南麓の加佐郡大江町にある内宮・外宮は、これまた丹後七社の数に入れられるこの地方での大社であるが、倭姫命世記に言う吉佐《よさ》の宮はここであるという主張を持っている。この地には内宮・外宮両社があるばかりでなく、内宮に近く、神代に日の神が天降りこもり給うたとする日室《ひむろ》が嶽、日神が隠れたとせられる天の岩戸などの聖地がある。天の岩戸は丹哥府志の挿図と比べて見ると地形に変化があったかも知れないが、今日ここを訪れると、渓流をせきふさぐ大磐石の形がいかにも天の岩戸もかくあったかという感を起こさせる。これらの霊地をも含めて、この元伊勢皇太神宮は地方の崇敬を集めているが、「伊勢に参るなら、元伊勢にまいろ。元伊勢、お伊勢の元じゃもの」（伊勢音頭）という民謡など、ここを伊勢神宮の元宮であり、神社神道発祥の地であるとする地方信仰の誇りと満足とを感覚的に示している。おそらく、自然崇拝に発する太陽神の信仰が中央の典籍に根拠を求める時、天照大神の神名をわが神の名として見いだし、その丹波遷幸の歴史をわが地へと結び付けることになったのであろう。元伊勢の名はこの丹波の二箇所に限ったものではないが、その名自体が地方信仰のプライドと満足とを含んでいる。中央の信仰が地方信仰にそれだけの余地と許容とを与えることが、現代に至るまで日本人の信仰生活の一特徴となっているようである。

トヨウケの神とトヨウカノメ

豊受の神の神名はトユケノスメラオホカミを正式なものとするが、俗にトヨウケノカミ・トヨヲカヒメなどとも称される。ところが、豊受の神と天照大神とが与謝の宮に並び鎮座していた時、諸神が奉仕した中でトヨウケヒメノミコトあるいはトヨウカノメの神がよく五穀を生じ酒を醸し、神酒を供え奉った。伊勢二所皇太神宮御鎮座伝記や豊受皇太神御鎮座本紀の伝えるところである。この神はワクムスビの神の子で、稲霊の神であり、丹後の国竹野郡にある奈具の社の祭神である。そうして、この神はもと天女で昇女とも姮娥とも言い、月天の紫微宮から下った。そういう注が加えられている。

伊勢の外宮の神道は豊受の神の格を高くし、この神をほとんど天照大神と対等に扱おうとしている。そして、トヨウケの神とトヨウケヒメ（トヨウカノメ）とは別神であり、トヨウケヒメは豊受の神と天照大神とに奉仕した下位の神であったと区別をつけている。しかし、この両神がもともと同一の神であったことは、単に神名の音韻が近似するばかりでない。ほかにも、いくつかの証拠をあげることができる。たとえば、倭姫命世記は豊受皇太神の別名として倉稲魂の名をあげている。倉稲魂は日本紀の神名にも見えていて、ウカノミタマと訓ずることが注せられているが、トヨウカノメ・ウカノミタマ・ウケモチノカミは、三者ほとんど一神と言ってもよいほど性格の近似した、いずれも稲霊の神格化したものである。

第二に、豊受の神がみけつ神であることがあげられる。みけつ神の名は五部の書などでは、一方に水徳に関して説こうとする考えを見せているが、これはやはり「御饌つ神」であり、倭姫命の夢想に、天照大神が一所のみでは御饌も安くきこしめさぬ、「御饌都神」なるトユケノスメラオホカミをわがもとに迎えよと託宣せられたという、その伝えがそのままこの神本来の性格を示している。つまり、豊受の神は天照大神の御饌に奉仕する神だったのであり、与謝の宮の当時にトヨウカノメが両大神の御饌に奉仕したとするのは、豊受の神の格を高くするために、その御饌つ神たる性格を分離して別の神格を作り出したに過ぎない。それであるから、トヨウケの神とトヨウカノメと神名が分離し独立した後にも、豊受の神には「御饌つ神」という冠称が残されたのである。

第三には、この二神がともにマナヰに縁の深いことがあげられる。御鎮座伝記を一例としてあげてみるが、右の天照大神の託宣には、豊受の神を称するのに、

丹波国与佐之小見比沼之真井之原坐道主子八乎止女乃斎奉御饌都神止由気皇太神（丹波の国の与佐のをみ比沼の真井の原にまして、道主の子の八乙女の斎き奉るみけつ神、とゆけのすめらおほかみ）

というふうに呼んでいる。これが各書ほとんど同じ字句で伝えられているのは、それが信仰的な慣用句、一種の呪詞であったことを示している。この呼称は豊受の神について、

一　マナヰ原に鎮座すること。
二　道主命の子の八乙女が奉仕すること。
三　御饌つ神であること。

という三つの要件を示している。三については前述のとおりであり、二については次に述べる

が、一のマナヰ原は、その所在が与謝のをみ（小海？）であるとされている。つまり、籠神社の奥宮の地、かつて与謝の宮のあったとされる真名井が原がこの神の本地と考えられているわけである。そして、「比沼」ということばが、これに関して重要な意味を持っているらしい。しかし、マナヰという名は、必ずしもこの真名井が原をもって本地と断定することはできない。少なくとも丹後の国内にもう二箇所マナヰに比定される土地がある。そして、そのいずれもがトヨウカノメの信仰に関している。つまり、マナヰはトヨウカノメの信仰の一要素なのである。

以上のような諸条件から、トヨウケの神はトヨウカノメの信仰から出て昇華したものであることが推測できる。おそらく丹波固有の信仰であるトヨウカノメの信仰が中央に迎えられて外宮の神として大成し、宮廷信仰の一角を形造ることになったものであろう。そして、その契機となったものもおおよそ見当がついている。

神道五部の書が伝える豊受の神の来歴は、前に一から六までの箇条に分けて略述した。それを見ても、この神を伊勢に結び付けた要因が著しく丹波方に傾いている。いわば丹波に縁故のある者の我田引水であることが明らかである。天照大神が豊受の神を切望していること、つまり、豊受の神が自分のほうから進んで天照大神に奉仕しに来たのではなく、懇望されて伊勢に遷幸したと考えているのが第一の点である。これは、巫女の空想であるにしても、根本豊受の神をわが神とするひいきから出て来る発想である。そして、伊勢においても、豊受の神が天照大神からいかに手厚い処遇を受けているかという主張を見せているのが第二の点である。伊勢神宮の祭祀が諸事豊受の神を先にすることは何か別の理由のあることであろうが、それを大神の豊受の神に対する厚志であると解している。これまた豊受の神を世に誇る、丹波にゆかりのある者でなくては持ち出せない論理であろう。

五部の書の記載は、両神が真名井が原に鎮座した当時および豊受の神の伊勢遷幸の後に道主命とその子女が奉仕したことを伝えている。豊受の神を称するのに「道主の子の八乙女の斎き奉る」と枕詞式な修辞を冠する習慣のあることは前に述べたが、そのほか必要な箇所を摘記してみると、

▽与謝の宮において、丹波道主貴が朝夕の大御食を供え奉った（御鎮座伝記）。御炊神氷沼道主が三十六の竈神を率いて朝夕の大御食を炊ぎ供えた。丹波道主貴が御杖代としてくさぐさの物を備え貯え、百机《ももとりのつくえ》をもって神嘗を奉った（御鎮座本紀。氷沼道主は丹波道主の人格を分けたものと見られる）。

▽豊受の神が高天原に帰って後、宝鏡をとどめた。道主貴の八《や》小男童《をとこ(?)》と天日別とがこれを

奉斎した（御鎮座伝記。天日別は外宮の神官度会氏の祖であるが、御鎮座本紀は道主貴の八小童と天日起命とする）。

▽豊受の神が度会の山田の原に鎮座して後、丹波道主命が物忌職を奉仕して、御飯を炊ぎ供えた（御鎮座伝記）。道主貴の苗裔の八小童女《やをとめ》に宝殿の鑰を賜うて、宝殿を開き奉った（御鎮座本紀）。道主命の子を物忌として御饌を炊ぎ供えた。これが御饌物忌である（倭姫命世記）。

▽豊受の宮の御井は道主の裔の大物忌の父が掃い清める（御鎮座伝記）。

というような箇条がある。多少ずつの相違はあるが、これらの記事の間にも、物忌・大物忌・物忌の父などの神職の起原を説明しようとする意図が見えている。外宮の職制は律令以前、大神主・神主・内人・物忌に分けられているが、このうち物忌という職の起原について道主命の名が散見するのである。

物忌にはなお各種の物忌があって、右にあげたのはその一部に過ぎないけれど、要するに、伊勢の神人の中には道主命の子孫と称する者がいたのである。かつて道主命の末と称する神人が丹波から出て仕えたという記憶が長く残っていた。五部の書が成立した時代にはとくに伝承の上だけのことになっていたであろうが、ある種の神人は道主命の子孫という資格でなくては神に仕えることができなかったのである。太神宮式に

太神宮三座、物忌九人童男一人童女八人、父九人。

とある「童女八人」などが、まさに道主の子の八乙女に相当したものであろう。

　こういう神人の存することが丹波の固有の信仰を宮廷信仰の中に導く要因になったことは、十分にその可能性が考えられる。と言うよりは、丹波出身の神人たちが、みずからの奉ずる神の信仰をもって宮廷の信仰に奉仕した歴史が、時代とともにあるいは発展し、あるいは変遷して、ひとつの固定に達したのが伊勢の外宮の存在であったと言うべきであろう。なお想像を加えて言うならば、垂仁天皇の代に出でて宮廷に仕えたという丹波の女性たちこそ道主の子の八乙女の先蹤であったのではなかろうか。日子坐王関係系図はヒバスヒメ等の丹波の女性について多くを伝えていないが、ヒバスヒメが垂仁天皇の皇后となって生んだ皇女のひとりが倭姫命である。この皇女が第一代の斎宮であることは言うまでもない。

奈具の社の由来

トヨウカノメは外宮においては酒殿の神として祀られている。豊受の神の奉遷に随従したわけであるが、御鎮座伝記はこの神がよく酒を醸み、一坏を飲めば万病を除き、その価は千金、財宝を車に積んで送った、今これを神酒と号し、駅家使および斎宮の節会の夜酒立女（？）を賜うのはその縁であると注している。また、丹波の国与謝の郡比沼の山の頂に井があり、その名を麻那井と言う。ここに神が居て、竹野の郡の奈具の社である、トヨウカノメの霊石がある、というふうにも伝えている。この書き方は少しわからぬところがあるが、比沼山頂の麻那井に居る神がすなわち奈具の社の祭神と同じ神だということであろう。そのあと、トヨウカノメの霊石は麻那井にあるのか、奈具の社にあるのか、はっきりしない。ともかく、この神については比沼山頂のマナヰというものが問題になるのである。

籠神社の奥宮のある真名井が原の地は海岸からさして遠くなく、またマナヰの名にふさわしい泉や用水を見ることができない。土地がらが聖地としての神秘感に乏しいように思われる。先に示した豊受の神の慣用的な称呼は「丹波の国の与佐のをみ比沼の真井の原にまして」と、比沼は山頂でなくても抵触しないような表現であるが、造伊勢二所太神宮宝基本記だけは少し書き方が違っている。呪詞そのままを写したのではなく、「丹後の国与謝の郡比沼の山の頂の魚井原より」迎え奉ったと、間接的な言い方に直している。すると、与謝の郡と言いながら、比沼山頂にマナヰ原があることになるのである。倭姫命世記の豊受皇太神についての注釈などもこれと同じことを言っているが、つまり、伊勢方からは、豊受の神の本地は籠神社の奥宮のある真名井が原であると考えながら、隠れた知識としては、それが山の頂にある泉だという空想を伴っているのである。そして、それはトヨウカノメの神の縁起に基づいている。

元元集や類従神祇本源が引用している丹後風土記の逸文に奈具の社の由来がある。これまた有名な話であるが、必要上その概略を述べてみる。

丹波の郡の郡家の西北に比治の里がある。この里の比治山の頂に井があり、真井と言う。今は沼となっている。かつて、この井に八人の天女が降って来て水浴をした。和奈佐老夫《わなさおきな》・和奈《わな》佐老婦《さおみな》という老夫婦がそのうちのひとりの衣裳を取り隠したので、天女は天に帰れなくなった。夫婦はこれを子として家に連れ帰り、十余年の間共に住んだ。天女はよく酒を醸み、一盃を飲めば万病ことごとく癒え、その価は車に積んで送った。その家が豊かになり、土形《ひぢかた》が富んだので、土形の里と言った。今は比治の里と言う。老夫婦は家が富むと、天女を追い出したので、天女は歎き悲しみ、「天の原　ふりさけ見れば、霞立ち　家路まどひて、行く方知らずも」と歌った。荒塩の村に至って、「老夫老婦の心を思うにわが心荒塩に異なることなし」と言った。それでその地を荒塩の村と言う。哭木《なきき》の村に至って槻の木にもたれて泣いた。それで哭木の村と言う。また、竹野の郡船木の里奈具の村に至って、「ここにしてわが心なぐしくなりぬ」と言って、この村にとどまった。これが奈具の社にいる豊宇賀能売の神である。

この記述は天女が飢え死んで神として転生したことを語っている。郡家の西北はおそらく西南の誤りであろうが、丹波の郡家を中心に、西南から東北にかけて天女の流浪した道筋がたどられる。そして、道筋の各地の地名起原説話が織り込まれているのは、それぞれの土地にこの神の信仰が存したものであろう。

奈具の社はこの記事を見ても有名な社であることがわかるし、延喜式にもその名が見えている。ところが、室町時代嘉吉年間に洪水があり、集落が流失し、神社もまた退転してしまったと言う。現在では遠くその由緒をしのばせるだけの、こぢんまりとした社になってしまったが、氏子総代である土地の篤志家坪倉真一郎氏の調査によって、その後のおおよその経緯が明らかにされている。

同氏の推定では、かつての奈具の社は、峰山から間人に至る府道が奈具川を越えるあたり、現在定時制の高校が建てられている丘陵の東方約一キロメートルの地点にあったと考えられている。奈具川は竹野川に注ぐ小さな流れで、その左岸の丘陵はほとんど雑木におおわれているが、奈具の社の旧地と推測されるのも、そんな丘陵上の小さな平坦部である。そこに神社があって、そのふもとの奈具川の谷筋にかつての奈具の村があった。現在でも、土地台帳の上にはそのあたりに奈具という小地名が残されている。嘉吉年間の洪水は奈具川の氾濫よりは竹野川の水の逆流によって起こされたものであろう。この丘陵の末端あたりから竹野川の対岸鳥取にかけては、以前は沼沢地で、舟で往来したと言う。竹野川の遊水池となっていたものであろう。

神社そのものは洪水の害には合わなかったらしいが、氏子のすべてが離散して、船木と外村《とのむら》に移住したため、祭神を外村にある溝谷神社に合祀することになった。船木の人々も溝谷神社の氏子となったのであるが、溝谷・外村・等楽寺の氏子たちとの間に溝を生じて、度々紛争が繰り返された。船木の人々は奈具の社の再興を望んだが、明治の初年に希望が実現し、溝谷神社から霊石と称する自然石と式内号が分与せられ、分離独立が認められた。そうして、これまで遙拝所としていた現在の社地、奈具川右岸の丘陵上に新たに奈具の社が祀られたのである。

こういういきさつの間に神社に伝えた古文書等はすべて失われてしまったものらしい。現在の奈具の社はその由緒を記録する何物もとどめていないが、幸いに丹後風土記の逸文がこの神の縁起を伝えたのである。

奈具の社の由来が語る比治山は、土形の里の音にひかれて「沼」を「治」と改めたものであろう。後代の記録のほうがかえって古風な「比沼」の名を伝えている。ともかくも、そのマナヰに比定される土地は丹波郡内に二箇所ある。丹波郡から熊野郡に越える菱山峠に近い鱒留という集落は、これが土形の里であったとされているが、山ひとつ隔てた久次《ひさつぎ》には比沼麻奈為神社がある。菱山峠から峰続きの久次岳を背にした静かな社であるが、この久次岳を比治山とし、トヨウカノメの天降った所と考えている。そして、この社と鱒留の藤社神社との間にいずれが延喜式の比沼麻奈為神社であるかが争われたことがあるらしい（吉田東伍氏「大日本地名辞書」）。丹後国中郡誌稿などを見ると、その考えにも諸説があって多少ずつ異同があるが、穀物神を祀る土着の信仰の色彩が濃厚である。

もう一箇所は鱒留の南の大路《おおろ》に近い足占山である。この山は比治山とも磯砂山《いさなご》とも言い、その八合目あたりに女池《めいけ》と言う沼がある。これを天女の天降ったマナヰとするのであるが、大路には土地で七夕さん、あるいは七夕筋と称する家がある。現在当主は安達正祐氏であるが、代々三右衛門を名のり、わなさの子孫であると称している。その先祖は猟師であり、山中において天女の水浴を見、ひとりの衣裳を隠して、ついにこれを妻とした。そういう家の伝えは奈具の社の由来とは異なっているが、数年前まで、毎年七月（戦後は八月）六日の晩から七日にかけて天女の絵像をかけ、熊の毛皮の矢筒とともに祭壇に祭って、集落の人々がこれを拝した。この集落ではこの日に盆礼を行い、安達家の庭で盆踊りを踊ったので、露店も出たりしたと言う（安達正祐氏の教示による）。この七月七日を祭日とすることが七夕との混乱を招いているわけであるが、豊受の神が天降ったのも、山田の原に奉遷せられたのも七月七日と伝えられている。七月七日という祭日はこれと関係があるであろう。大路には乙女神社があるが、ここと峰山町丹波の多久神社、それに奈具の社と、三つの神社は天女との結婚によって生れた三人の子を神に祀ったもので、いずれも神名としてはトヨウカノメである（同氏）。そういう口碑を集めてゆくと、これまたこの地方根生いのトヨウカノメの信仰であると考えられる。

丹波郡はトヨウカノメの信仰の有力な土地で、今日でもその様相を見ることができるが、丹後旧事記などはしきりに九座一神ということばを用いている。延喜式に見えている大二座小七座の八社九座の神がいずれもトヨウケモチ・トヨウカノメの神を祭神としている。この二神を区別していないことは九座一神ということばに現われているが、一郡中の神社がこのように一神の信仰で統一されているのは特異な現象であり、古くから丹波郡の地がトヨウカノメの信仰の本地であったことがうかがわれる。奈良朝あるいはそれ以前に、それらのいくつかの土地のトヨウカノメの信仰をまとめて編成したのが丹後風土記の奈具の社の由来であるが、おそらくその信仰を奉じて古代丹波に勢力を張っていたのが丹波道主とその血統だったであろう。政治的な勢力の交替は丹波の中心を国府のある与謝郡の地に移してしまったが、伊勢の側から豊受の神の本地が求められた時、やはり国府に近い、そして国造や籠神社の神職である海部直にゆかりの深い籠神社の奥宮の地、真名井が原をもってそれに当てるようになった。信仰の上にもそういう勢力の交替があり盛衰のあるのはまぬかれがたいことであった。

みそぎと稲と

トヨウカノメが稲霊の神格化したものであり、酒の神であることは疑いを容れない。しかし、奈具の社の由来が語るこの神の来歴はみそぎに関していると見なければならない。天界から飛来した神女が水浴することの意義が何であるかは大きな課題であるが、これがみそぎに奉仕する巫女の印象を持っていることは否定しがたい。道主命の娘の八乙女とマナヰに降りきたった八人の天女と、その数の一致なども偶然ではあるまい。やをとめということばが天女の数を決定したとも見られるのである。トヨウカノメは神代紀の系図において、水の神と近い関係にある。イザナミの神がカグツチを生んでみまかろうとした時、土の神埴山姫と水の神罔象女《みつはのめ》とを生む。カグツチが埴山姫との間に生んだのがワクムスビであり、トヨウカノメはワクムスビの子である。神代記ではこの関係はもっと単純化せられて、イザナミの神の尿《ゆまり》から化成したのがミツハノメの神とワクムスビの神で、この神の子がトヨウケビメの神である。そして、このミツハあるいはミツマ・ミヌマ・ミルメ・ヒヌマなどのことばが水の神に関した名であることは、折口先生が指摘されたところである（「水の女」参照）。

丹波出身の女性たちが何をもって宮廷に仕えたかを考えた場合、最も自然に考えられるのがトヨウカノメの信仰である。そのみそぎと稲の双方に関する信仰は、おそらく特殊な呪術をもって天子に奉献せられたであろう。宮廷自体の歴史の上には、それはほんの僅かな痕跡を残すだけであるが、伊勢の神宮の信仰の一端を形成することによって、長くその記憶をとどめることになった。道主命の血統は奈良時代には既に歴史の表面から消えてしまっているが、その古い信仰が宮廷信仰と交わることによって、丹波という地方の特殊な印象が生み出されたのである。

【後記】

「慶應義塾大学言語文化研究所紀要」第一号（昭和四五・一二）所載

この時分池田彌三郎先生が折口信夫の学説研究に携わる私たちに、それぞれが日本の旧国別に一国を自己の主題として集中研究してみてはどうかという案を示されたことがあった。これは具体化までに至らなかったが、私としては当時丹波に関心を持っていたので、先鞭を着けるような気持ちで研究を進めた。昭和四十四年には二度にわたって現地におもむき、採訪を行なった。しかし、その纏めは困難で、神道五部の書などを前に苦闘したことが記憶に残っている。結局、地方の信仰がどのように宮廷信仰に関ってゆくかというところに大きなテーマを見出して一篇とすることができた。

個人としては特別な思い出と愛着のある論文だ。

天人女房譚の示唆するもの

奄美・沖縄の天人女房

南島の採訪に出かけるようになって気が付いたことのひとつで、しかも新鮮な刺戟を受けたのは、南島の天人女房譚であった。

それまで昔話の世界の知識として、あるいは古典に残存する資料として知っていた天人女房譚が、南島においてはいまなお生活の中に息づいており、ことに信仰生活に深く根ざしている。説話が単なる説話として固定しているのではなく、動態として存在し、今日なお伝承の過程にあって変遷を続けている。そういう状態を実地に見聞したことは驚異であり、またこの種の生きた資料がどれほどわれわれの思考力・想像力を刺戟するかも、実感として感銘せられたことであった。

たとえば、奄美大島の南に近接する加計呂麻島の薩川で聞いたそれは「神様の子守唄」としてであった。これが筆者の南島採訪において耳にした天人女房譚の最初のものであるが、昭和五十二年に在地の民俗研究家登山修氏の紹介と案内によって橋口やすさんを訪ねたおりのことであった。やすさんはこの地方では人に知られたユタで、当時八十五歳。この人は隣集落実久《さねく》にある実久神社の祭神実久三次郎様が憑依してユタとなったのであった。その成巫の過程を語る中に、ただひとり約九十日間にわたってティラ（社）にこもったという体験があったが、その時辛くて淋しくてたまらなくなったおりに、神様がそれではこの歌を教えてやるからと、教え慰めてくれた歌がこれだ、と言って聞かせてくれた。この歌は資料として活字化せられたものがないので、[1]このおりの登山氏の筆録と訳・注によるものを掲げておく。

ハー ハイヨ ハー ハイヨ
ムィンムィ スィルィヨ
タマクガネ[a] ウラガヨ アンマリヨ
ナクバヨ アンマヤヨ トビバネィ
ティクィティ タカサンヨ タケ クヰティ
ティンヌ ミャーヌ アマグラニ
アヲスィバヨ アンマヤヨ ウモランド
ナクナヨ タマクガネ ワンナ
スィダ[b]ナトティ ウヤヌロヌ

ねんねしなさいよ
玉黄金 お前がね あんまりね
泣けば お母さんはね 飛び衣
着けて 高い岳を越えて
天の宮の 雨倉に
行ってしまうと お母さんは もういないよ
泣くなよ 玉黄金 私は
姉なので 親祝女の

シキニンシ　タマジマヌ　マモリ
トドクィチヨ　ティントヌヨ
アンマガヨ　イャンハディ　サチ
ウラヤヨ　マシリャベ(c)ヌ　カミ　ムロティ
ウタガイヨ　シマムラ(d)ヌ　マモリヨ
スィルィチヌヨ　イャンハディヨ　サチアッドー
ヲトコヌヨ　ウムェグヮ(e)ヤヨ　グジサマ　ナティ
シマムラ　マモトティヨ　シマガシリャ(f)
ムラガシリャ　ウクィエーシ
サンド　サンゴクヌ
カミサマカラ　ウクムィヌヨ　ハディ
ムロティ　クヌヨヌヨ　イキナリヤ
トドクィチ　イャンハディヨ　サチアスィガ
ナクナヨヘー　タマクガネ
アージャガヨ　タカグラニ

責任をとって　村の守りを
とどこおりなく果せよと　天道の
お母さんがね　運命を授けて
あなたにはね　真白南風の神を　戴いて
おたがいにね　村里の守りを
しなさいとのね　運命を　授けてあるよ
男の愛し子はね　宮司様になって
里村を　守って　村の長
里の長を　うけおって
三斗三石の
神様から　お米のね　お初を
貰って　この世の　なりゆきは
とどこおりなく果せよと　運命を授けてあるが
泣くなよ　玉黄金
お父さんがね　高倉に

トビバネィヨ　カクチアスィガ
トビバネィヨ　ティクィティ
ティンヌヨ　ミャーヌヨ　アマグラニ
アンマヤヨ　トディイキバ　ウモランド
ナクナヨヘー　ムィンムィ　スィルィヨー
タマクガネ　タマクガネ

飛び衣を　隠してあるが
飛び衣を　着けて
天のね　宮のね　雨倉に
お母さんは　飛んで行けば　もういらっしゃらないよ
泣くなよね　ねんねしなさいよ
玉黄金　愛し子よ

【注】
（a）「玉黄金」はわが愛し子の意。今でも老人、特に女性がよく用いる。
（b）スィダは兄、姉。
（c）マシラベは稲霊をもたらす神と信じられている。祝女（ノロ）のもとにある神役のひとつでもある。
（d）シマ・ムラは対語。集落を意味する。
（e）ウムェグヮは思い子。かわいいわが子。
（f）シマガシラは村の長。

この歌とともに橋口やすさんはその背景となる天人女房譚自体をも聞かせてくれたが、天女が水浴びをしている発端から右の子守唄によって羽衣の所在を知り昇天するくだりまで、類型通りであって、特に言うべきことはない。(2) 橋口さんの伝承する「神様の子守唄」は、天人女房譚の中で、七つになる年長の女の子が三つになる末の男の子を背負って守りをしながら歌った子守唄として独立していることに形態上の特色があるであろう。そして、何よりも注目せられるのは、天女の生んだ三人の子がオヤノロ・マシラベ・グジという神役の始祖であるという起原説明譚となっていることである。

「神様の子守唄」の「神様」は主人公のアモレ（天降れ）神様を意味すると見ることもできようが、歌い終った橋口さんが言った「これが奄美大島の子守唄。神様の始まりの歌。」ということばから推測すれば、この地方でしばしば耳にする神役を意味する「神様」であり、伝承者自身この歌を神役の起原説明と認識していることが明らかである。

沖縄を中心に奄美から先島の諸島にいたる地域の信仰生活の基幹となっているノロ信仰については、改めてここに言う必要はあるまいが、加計呂麻島の諸集落にも衰滅寸前ながらノロ信仰が残存し、その中にあっては、薩川は五指に入るほどしっかりとした信仰組織を維持している土地である。採集当時にもアラホバナその他の祭祀はノロを中心として執行され、祭りに参加する女性神人の数も十人ほどあった。

オヤノロはノロの尊称としても用いられるようで、特にノロ自身の階級を意味するものと解さなくてもいいであろうが、これに次ぐシド、それに男性の神役であるグジがいわばノロ祭祀の三役である。橋口さんの「神様の子守唄」は、三人のこどもをこの三役の始祖としてもいるようであるが、(3)筆者の聞いたものはノロ・マシラベ・グジの始祖とするものであった。

マシラベは登山氏の注にもあるように稲魂に関する神名であり、同時に神人組織中にあってはその神に関することを掌る神役でもある。ノロ・シド・グジ以外の女性の神人たちはイガミと総称されるが、マシラベはその中でアヤナギャに次ぐ重要な役と考えられる。(4)もともとマシラベは真白南風と当てるべきことばで、この地方では春先に吹く南風をアラフェ（新南風。あるいは荒南風か）、梅雨期に吹く南風をクルフェ（黒南風）と言い、それに対して、梅雨明けの時分のさわやかな南風をシリャフェ（白南風）と呼ぶ。この南風が稲をみごもらせ、みのらせると考えられており、それ故にマシラベがイナダマガナシと呼ばれる稲の霊魂と性格の通じる神の名ともなっているのである。

当時薩川のマシラベは岡本トキさんという女性で、この人からも話を聞くことができたが、この地方では米作を抑制する近年の風潮からほとんど稲の栽培が行われなくなった中で、岡本さん夫妻だけが、米がなくては神祭りができないからと栽培を続けているとのことであった。マシラべと稲との繋がりの強さはこの一事からでもうかがうことができるであろう。

天人女房の子孫たち

橋口やすさんの「神様の子守唄」が孤立した例であるかどうかは、その後久しく気にかかっていたが、昭和五十五年になってひとつの類例に行き当った。それは加計呂麻島のさらに南方にある請島という小島の池地集落においてであるが、益ウイツさん（当時九十一歳）の伝承する「のろ口説《くどき》」に同様な神役の始原が説かれているのであった。(5) 天人女房譚が口説という様式をもって歌謡化した例は『南島歌謡大成　奄美篇』にも二つの例が収録されている。それらと益ウイツさんの「のろ口説」とを並べてみると、いずれも脱落が相当にあり、完全なものとは認めがたいが、比較によってその全体がどのような内容をもっているかはおおよそ推測せられる。それは天女の降臨から昇天にいたる天人女房譚がほぼその筋立てどおりに語られており、益さん伝承の請島のものと、『南島歌謡大成』所収の喜界島のものとは、同じように「むかし　なはなに（那覇に）　あたろくとぅ」（請島）「むかし　うちななん（沖縄に）　あったくとぅぬ」（喜界島）という歌い出しで始まる。また、天女を妻とする男性主人公の名を請島のものではニカンショノミ、『南島歌謡大成』所収の徳之島のものではミカルヌシュヌメと伝えている点も注目される。おそらくこれらは後述の銘刈子と通じる名前であろう。

さて、その全体を見渡すと、叙事的に筋を追ってゆく中に、上の子が一番下の弟（もしくは妹）の守りをしながら歌う子守唄が必ず含まれており、昔話におけると同様、この子守唄が「のろくどき」のひとつの眼目になっていることが想像せられる。橋口やすさんの「神様の子守唄」はこの部分の独立したものだと言うことができるであろう。

ところが、『南島歌謡大成』所収の喜界島・徳之島採録の二篇には見られないことであるが、益ウイツさん伝承の請島のものには、神役の始原を歌った左のような部分がある。(6)

スイダヌ　ウムングヮヤ　ニギリワキ　　一番年長の子は　右の脇に
ナカヌ　ウムングヮヤ　ヒダリワキ　　中の子は　左の脇に
オトゥトヌ　ウムングヮヤ　ムモニ　イシテ　　一番年下の子は　膝に坐らせて
アンマガ　イオセママ　ナリヨウテ　　おっかさんが　言うとおりに　なりなさい

スィダヌ　ウムングヮヤ　グジニ　ナレィ　　年上の子は　グジになりなさい
ナカヌ　ウムングヮヤ　スィドゥニ　ナレィ　　中の子は　シドになりなさい
オトゥトヌ　ウムングヮヤ　ヌロニ　ナレィ　　年下の子は　ノロになりなさい

これは母なる天女がこどもたちに運命を授け、言い聞かせている部分である。年長の子から順にグジ・シド・ノロになるよう運命づけているところから見れば、年長が男の子、下のふたりが女の子と考えているものであろう。そういう細部の相違はあるけれども、神役の始原を説くことは「神様の子守唄」と変りがない。

天人女房譚が歌謡化している例は、南西諸島を除く日本の各地で採集せられたのを聞いたことがないが、それがこの地方の天人女房譚のひとつの特色であるならば、それだけ説話そのものが生きており、有機的に流布していることを示すものであろう。そして、天人女房譚が神役の起原説明譚となっているものが存することも、南西諸島以外の地方には見いだし得ない特色である。これまた、この地方の天人女房譚が昔話として固定しきらない様相を示している。天女の夫となった男性の固有名詞を伝承し、神役の始原を語ることも、昔話としての範疇を逸脱している。いわば民間の神話とも言うべき存在で、それがこの地方の人々の信仰生活に根深く結び付いている。

関敬吾氏編『日本昔話大成』によれば、天人女房譚の分布はほとんど日本の全土にわたっているけれども、天女の生んだこどもについて、あるいはその子孫について、起原説明式な説明を伴ったものはほかには見られない。ただ、南島の諸例の中に、二人のこどものうち下の男の子が後に察度王になった（沖縄。『南島情趣』所載）、一男二女のうち姉娘は連れて天に昇り、長男は村長に、次女はノロクメになるよう言い残した（喜界島。『続南島文化の探究』所載）、いったん三児を連れて天に昇ったが、兄はトウキ（占い者）、姉はヌル（祝女）、妹はユタ（巫女）の職を与えて地上に降ろした（喜界島。『鹿児島県喜界島昔話集』他所載）などの語り口が見えるのである。歌謡化している諸例と相伴って、奄美の諸島がこの一類の有力な分布の地域であることが明らかである。

右の昔話としての天人女房譚の分布のうちで、天女の子が察度王となったとするものは、『中山世鑑』その他が伝える察度王の出身の話、すなわち奥間大親が森の川において天女の水浴をぬすみ見し、これを妻としたが、女子一人、男子一人が誕生して後、子守唄によって飛び衣の所在を知って昇天し、残された男児が後に異常な出世を遂げて察度王となったという有名な伝説が流布したものであろう。

森の川は那覇市の東北方、大謝名に近い宜野湾市真志喜にあり、近くに奥間家の邸跡と伝えられる場所もある。現在では奥間家の血統を引く佐喜真家が近くに住んでおり、この土地の代々のノロもこの一族から出て祭祀をつかさどっていた由である。(7)

沖縄本島の天人女房の伝承は不思議に首里周辺に集中しており、森の川から南に回って西原村我謝のエボシガー、南風原村宮城のウスクガーがいずれも『琉球国由来記』にも記載のある天人女房譚の伝承をもつ泉であり、今日なお信仰的要素をとどめている。由来記によれば、ウスクガーの場合は、天女が男子ひとり、女子ひとりを生み、男子は宮城の地頭、女子は同じく巫(ノロ?)になったという。エボシガーのほうは天女がふたりの子を両腋に抱いて昇天し、地上にその子孫をとどめなかったようであるが、由来記はこの水について、聞得大君が毎年二、三月に参詣し、水によって「御撫」をおこなったことを記している。これも聞得大君を頂点とするノロの祭祀に関係をもつものなのである。

組踊の「銘刈子」の題材ともなった銘刈子の祠堂は、首里から見れば西北方、現在では那覇市の市街地に入ってしまった安謝にあったが、米軍家族の住宅地となって、銘刈子の子孫と称する湧川家も寄宮に移住している。(8)『琉球国由来記』は銘刈子が天女と結婚したいきさつを記し、天女の生んだ男子ふたりは夭折し、長女が後に尚真王の夫人となったことを語り、家屋敷・請地が湧川親雲上に譲り伝えられた由来を説明する。この伝承も天女の血統が大切な家筋として伝えられ、当時にいたるまでその信仰が持続していることを示している。ことに天人女房譚が察度王や尚真王という、王統の上で特筆すべき王と結び付けられ、王権の神聖を保証する一助となっていることは注目に値する。天人女房譚が神役や神役を出す家筋の聖性の証明であるというのが奄美・沖縄の地方における顕著な特性であったが、それは上は王家から下は村々の支配層にまでわたる普遍的な事象なのである。

比治山の天女

南島の女性神人たちが水の呪力をもってみずからの宗教的な任務にたずさわることは広く知られている。ノロ信仰の最高位にある聞得大君の新任の儀式、オアラオリの際には、斎場御嶽その他の聖地にある特定の泉の水をもってウビナデが行われ、これによって巫女としての聖性が獲得せられた。これ以下、村落の神人たちにいたるまで、大小の祭祀の執行に際しては、必ず聖なる泉の水をもって身を清め、水の呪力を身につけて任に当っている。久高島のイザイホーの際のイザイカー、伊平屋島田名のウンジャミの際のウッカーなど、祭りに先立って神人が水浴びをする聖泉の所在をも幾らも数えることができる。

天人女房譚の伝承の結び付いている泉もその種の聖泉である。天上から天降りして水浴する天女は、とりもなおさず神人の理想化せられた姿であろうが、水の呪力によって聖なる存在になり得る女性たちであるから、その空想は少しも不自然ではなかった。そうして、天降りする天女を自分たちの職の起原とすることも、またごく自然ななりゆきであった。ノロをはじめとする神人の継承は血統を継ぐことを原則としていたから、職の起原を説くのに天女を血統の祖とするわけである。空想の中では、天女の血を受けている神人たちは天空を飛行する能力を身に感じていたであろう。大神島のウヤガムの祭りに参加する神人が鳥のように空を飛ぶ気持がするという話を聞いたことがある。そういう信仰生活上の心理では、神女が天女に同化することは容易であったに違いない。

南島の巫女たちは人間の男性との結婚を禁じられていないから、天女の夫となる男性の身分の卑しいことはさほど大きな問題ではない。ただ天女の生んだこどもたちは聖なる職の始祖とならねばならなかった。察度王が天女の子であるという伝説も、たまたま王権と結び付いて、王の出身の一般と異なること、神に選ばれた者なることを主張する方面へと傾いたけれども、王の姉に当る女児、弟の守りをしながら飛び衣の所在を教える子守唄を歌った女の子は、説話の類型としては女性神人の最高の者となったことを言わねばならないはずであった。銘刈子の話などはそちらへ傾いて、サスカサという王族神女の血統を説いているが、察度王の伝説ではたまたまその注意が逸れてしまったものと見るべきであろう。

南島の天人女房譚が水の信仰を媒介として神人組織の起原を説く、いわば始祖神話であることについては、倉塚曄子氏がすぐれた論考を発表している。[9]その所論には同感する点が多く、筆者も結論を同じくするので、論の細部に入りこむことは避けるが、ただひとつ、同氏が本土では「古代王権の神話には天人女房はまったく登場しない」[10]とする点にだけは異議を申し立てておきたい。それは『丹後風土記』逸文の伝える比治山の天女の物語が存するからである。

この話では、天女の羽衣を隠したのは老翁であり、天女はその妻でなく、娘として人間世界に留まることになる。そして、天界への帰還も隠された羽衣の発見によるのでなく、老翁老嫗に放逐せられた神女が飢えさまよって死に、神として転生するという結末になっている。[11]ところが、丹後の現地では比治山に比定されている足占山に近い大路《おおろ》という集落に七夕筋と称せられる家がある。当主は安達正祐氏であるが、[12]代々三右衛門を名告り、これが「わなさ」の子孫であると伝承されている。先祖は猟師であり、足占山の山中にあるマナイで天女の水浴を盗み見、ひとりの衣裳を隠して、ついにこれを妻としたと言う。近年まで毎年七月（戦後は八月）

六日の晩から七日にかけて天女の絵像をかけ、熊の毛皮の矢筒とともに祭壇に祭って、集落の人々がこれを拝した。この集落ではこの日に盆礼を行い、安達家の庭で盆踊りを踊ったので、露店なども出たそうである。さらに、天女との結婚によって生れた三人の子を神に祀ったのが大路の乙女神社、丹波の多久神社、船木の奈具の社であるとも伝えている。

『丹後風土記』が文字の記録として書き留めたもののほかに、なおこういう口碑が生きて民間に伝えられていたことが考えられる。同じ地方でもうひとつ比治山に比定されているのが久《ひさ》次《つぎ》岳であり、その麓の久次にある比沼麻奈為神社と山ひとつを隔てた鱒留の藤社《こそ》神社との間には、いずれが延喜式にある比沼麻奈為神社であるかについて争われたことがあるらしい。(13) この近辺にも大路のものと似たような伝説が存したことは、早くに村上辰午郎氏によって報告されている。(14) その要点をとって話の筋を述べておこう。

吉田紋兵衛氏宅の東方に天女谷と称せられる所があり、昔天女がこの地に住んだと言い伝えられ、現に天女を祀る祠が残っている。そのいわれは、中郡比治山の山頂に二つの沼があり、八人の天女が舞い降りて水浴をしていたことがあった。鱒止《(ママ)》の村の男がそのひとりの羽衣を隠し、天女は天に帰ることができず、留って男の妻となり、一男をあげた。この子がやや長じて後、父が常に大黒柱に向って拝むのをあやしく思い、母なる天女に告げたので、天女は大黒柱に埋木穴のあることに気付き、柱の中に隠されていた羽衣を発見する。しかし、もはや天空を飛ぶ術を失っていたので、逃れて丹波の里に住んだ。ここを後に天女谷と呼ぶに至った。

村上氏の報告はこの後に『丹後風土記』の逸文を引用しているが、これらの口碑を風土記の伝えるところと比較してみると、口碑のほうが天人女房譚の類型にかなり近いことが考えられる。天女が天に帰り得なかったとする結末だけはこの地方の地方的な特色かと思われるが、それはこの地方のトヨウカノメの信仰と結び付いているものであろう。これまであげてきた類例においても、伝説の核となるべきものとの結び付きが説話をそのほうへ引き寄せていることが見られる。聖泉の存在を強調する土地ではそのほうへ、神人組織の起原を重く見る土地ではその説明へと、話の重点が傾斜している。天女を神として祀って、その存在が有力である場合には、天女はここに留まったというふうに説かざるを得なかったであろう。

南島の諸例の中でも、沖縄本島南風原村宮城のウスクガーの伝承には、天女が羽衣を発見するくだりがなく、この土地で死んでコバダウの嶽の一つ瀬という大石の上に葬られたとする。天女の骨は後世なお残っていて、村中の崇敬を受けたという。(15) こういう類例を見ると、説話がどのような力によって筋立てを変えて語られるか、その要因が諒解せられるであろう。

天人女房譚の類型が中世・近世に至って完成したものでないことは、『帝王編年記』の伝える伊香《いかご》の小江の物語をもって傍証とすることができる。これまた風土記の逸文かと考えられているものであるが、近江の国與胡の郷の伊香の小江に八処女が白鳥となって舞い降り、水浴をする。伊香刀美がこれを見て、白犬を遣して最年少の処女の羽衣を盗ませ、ついにこれを妻とする。ふたりの間に男女各二人のこどもが生れるが、母は後に羽衣を捜し出して天に昇る。四人の子は伊香連の先祖となった。こういう筋立ては、子守唄によって羽衣の所在を知るという近世風な要素こそないものの、いかにもわれわれの知識にある天人女房譚の類型に近く感じられる。この話には、天人が羽衣を捜し出して天に帰るという一条が確かに存している。

伊香の小江式の筋立てをもつ天人女房譚が遠く古代にまで溯り得るものとするならば、『丹後風土記』逸文の比治山の天女の物語はかなり異風であると言わねばならない。その異風であるのは、この話がトヨウカノメの神を祀る奈具の社の縁起譚として説かれていることにも明らかなように、この地方がトヨウカノメ信仰の有力な基盤であることに因っているであろう。丹後の中でも、丹波郡（後の中郡）は特にトヨウカノメの信仰の有力な土地で、延喜式以来トヨウカノメ一神の信仰で統一されており、『丹後旧事記』などでもしきりに九座一神ということを強調している。一地方の神社の祭神がすべて同じ一神であるというのは非常に珍しい事例と思われるが、それほど有力にこの地方はトヨウカノメ信仰一色に塗りつぶされている。比治山の天女の物語は、天女がすなわちトヨウカノメの前身であることを説くもので、物語の後段は放逐された天女がわなさおきな・わなさおみな夫婦を恨みつつ流浪してゆくが、地名起原説話をまじえて語られるその道筋は、この地方に分布するトヨウカノメの信仰の幾つかを結んで編成したものと思われる。そして、この信仰宣布という目的が伝承を類型から引き離して、地方的な特色を形成したものと考えられるのである。

稲の信仰とのかかわり

丹波の女性たちが水の信仰を奉じ、水の呪術をもって出でて宮廷に仕えたことは折口信夫先生が「水の女」(16)において説かれたところである。その女性たちの故地においては、聖なる泉としてのマナイが信仰の対象となっている。前述のように延喜式に比沼麻奈為神社の名が見えており、久次の麻奈為神社もまたマナイをもって社名としている。丹波・丹後分割の後に丹後の中心となったのは天の橋立に近い府中の地であるが、トヨウカノメの信仰はここにも移ってきて、丹後一の宮である籠《この》神社が今日にいたるまで地方の信仰を集めている。その奥宮のあるのが真名井が原の地で、籠神社発祥の地とされている。

比治山に降臨した天女が水の信仰と関係をもっていることは、天女がマナイに水浴する一条に端的に現れている。南島の女性神人たちの水の信仰が天人女房譚に反映していることと並べて見るならば、古代日本の巫女たちもみずからのもつ水の信仰を天女の物語の中に投影させたと考えるべきであろう。そして、丹波も、伊香の小江のある近江の湖東の地方も水の女とは関係の深い土地である。

丹波の女性たちはまた稲の信仰にかかわっている。比治山の天女は醸《か》み酒を造るわざに優れ、その造る酒はひと杯《つき》を飲めば万病が癒え、価は車に積んで送ったという。これがトヨウカノメの神の神格を語っていることは明らかであり、トヨウカノメはウカノミタマなどと同様、穀物の精霊の神格化したものである。この丹波の地方的な信仰が宮廷信仰に参与し、トヨウカノメが天照大神の御饌《みけ》つ神と位置づけられて外宮の祭神トヨウケの神となった道筋は、おおよそ推測することができる。この点については別に詳しく述べたものがあるので参照していただきたいが、(17)間接ながら天人女房譚が王権の成立に関与しているものである。

丹波の女性たちが出でて宮廷に仕えたことは、垂仁天皇の御代、狭穂彦の乱の後に狭穂姫の遺嘱によって丹波道主の娘である五女（紀。記では四女）が掖庭に納れられたことをもってその始原であるとされている。この話は歴史化されているけれども、丹波の女性たちと宮廷との関係は、後世、伊勢の外宮に色濃くとどめられている。外宮の祭神豊受の大神は「道主の子の八乙女の斎き奉る御饌つ神[18]」と称せられ、そのことば通り道主の苗裔であるという資格をもって奉仕する物忌（の名をもつ神人）たちがいた。垂仁紀（および記）の物語は、むしろこれらの神人が宮廷とかかわりをもつに至った由来を語る説明譚の一部であったと見るべきであろう。比治山のマナイに天降った天女と数も等しい八乙女が外宮の神人の中で重んぜられたことは、豊受の神と丹波との繋がりの深く強固であることを示している。

こういう事実から推測するならば、丹波の地方的信仰を保持した古代の巫女たちは稲の呪力や信仰とかかわることが深かったはずである。比治山の天女が酒を醸むわざに優れ、転生して穀物の神となったのは、稲の信仰と結び付いたトヨウカノメ、すなわち彼女たちの奉祀する神の神格の形象化であり、そこには彼女たち自身の職掌や能力も反映していたのである。

天人女房譚が農耕儀礼と密接に結び付いていることを指摘説明した坪井洋文氏の論考[19]は示唆に満ちたものである。ことに、同氏が紹介した美作の横部神社の由来記および岡本家の文書に見える天人女房譚が尼子氏の血統の祖を天女の生んだ子に結び付けている点などは、南島の類例と同種のものがかつて本土にも伝承せられていた例証として注目せられるものである。

同氏は天人女房譚の中に水田耕作と焼畑耕作の対立を見ているようであるが、焼畑耕作の要素は天人女房譚の後段、天女に去られた男が後を追って天上に至る部分にあり、この後段が昔話において普遍的であるとは言え、本土と南島とともに、古い記録に見える天人女房譚にはいずれも欠如している。その事実から見れば、後段は時代が下って後の付加ではなかろうかと疑われる。

少なくとも、天人女房譚の前半に関する限り、この説話が示唆するのは稲の信仰とのかかわりである。最初にあげた南島の諸例においても女性神人たちの水の信仰を媒介として稲作儀礼に関係が深く、飛び衣の隠し場所として高倉や稲束の中が言われている。坪井氏はこれが南島に限らず、本土の諸例においても稲積みその他の例があって、田の神の祭壇と不思議な一致を見せていることを指摘している。[20] 加計呂麻島薩川のマシラべという神人の存在など、筆者に天人女房譚と稲の信仰とのかかわりを実感的に感得させてくれたものであったが、こういう諸例との対比において見ると、比治山の天女の物語がこの説話の根本的な性格を具備するものとしてはなはだ重要に思われてくる。

坪井氏は折口信夫先生の所説を引用して、

「折口先生は天人女房譚における重要な特徴の一つは、天人が産んだ子供を一定の年齢にいたるまで育て、それを残して天上へ帰っていくことだといわれた。[21]」

と述べ、であるから、「天人女房の背景は天降って新しい生命力を持った穀物の霊を産み育て、その成育が保証されるに至って去っていくこと」であると断定している。天人女房譚が巫女の夢遊裏における幻想を重ねて形成されたものと考えるならば、この坪井氏の考えははなはだ納得せられやすい。稲の呪力を扱う能力をもち、稲の霊力を信奉する巫女たちは、稲の霊魂の到来を、たとえば梅雨明けの南風とともに、それに運ばれてこの土地に来るものと考え、それを育てる母なる神の存在を想像した。トヨウカノメが女性の姿をとることはきわめて自然であり、そこに彼女たち自身の神格化した姿をも重ね合せたのであった。

天上から降臨する天女が時として白鳥の姿をもって飛来することも、この一段が稲魂の到来を意味することを示している。天女が自身稲魂とそれを育てる母なる神との資格を兼ねていると考えれば、天女の降臨はその形をもっても納得せられようが、稲魂を霊魂の姿として観ずるならば、白鳥の飛来する心象は最もこの物語にふさわしいものであった。白鳥が稲の霊魂の形象であることは、『山城風土記』逸文の稲荷の社の本縁譚はじめ、『豊後風土記』にも類話のある餅の的の話など、古代の文献に多くの例証がある。

伊香の小江の物語はこの点でひとつの典型を示している。伊香刀美が望見して奇異と感じた白鳥は、霊魂の化したものだったからである。稲魂が霊魂の形をもって到来し、迎える巫女が水の呪力をもってこれを取り扱う。天人女房譚としては、この二か条を分けて語るほうが本来の骨格を見せたものと言うべきであろう。水浴する天女をかいまみする男は、稲魂とこれを扱い育てる巫女とを、ともにわがものとすることによって、自己の権力を確立する基盤を有することになる。(22)

南島の天人女房譚には、白鳥の飛来を発端とする例がないように見られる。これは、別に稲作の起原を説く物語があって、鶴や鷺などの鳥によって最初の稲がもたらされたと語ることに影響されているかも知れない。この話は本土でも『倭姫命世記』をはじめ、穂落の神・大歳の神の信仰ともなり、説話として広く分布しているが、(23)南島では、沖縄最初の稲田とされる百名の御穂田《みふうだ》の由来のように、信仰と崇敬の心によって支えられているものが多い。このことが白鳥の姿をもった稲魂の到来を穀物起原譚のほうに引き寄せているかと考えられる。

稲の信仰が最初から天人女房譚と相伴ったものか、あるいは穀霊の物語であった天人女房譚にある時期に稲の信仰が結び付いたものか、この点についてはなお疑問を残している。しかし、右の諸例とその考察は天人女房譚と稲の信仰とのかかわりがきわめて深く、また歴史の長いものであることを語っている。そうして、南島と本土との間に天人女房譚をめぐって小異はあっても、根本的な相違のないことも注目される事実である。本土にもかつて稲の信仰がより強く、天人女房譚がそれとの関連においてより生き生きと伝承されていた時代のあったことが考えられる。稲の呪力と信仰は古代の宮廷信仰にも関与していたはずである。

天人女房譚をめぐっての本稿の所論は、結局水と稲との霊威の問題に到達する。古代生活における水の女たちの存在は、水に加えて稲の信仰にかかわるところが大きかった。大嘗祭の意義の考察なども、やはり水と稲との霊威の問題に帰着するであろうと考えられる。

【注】

（1）『瀬戸内町誌（民俗編）』に登山修氏が採録されたものとかなりの相違がある。

（2）夫が天に上って再会するという後段の有無については確認していない。

（3）（1）の資料には

すぃだ（姉）ぬ　ウメグヮ（愛児）やよ　うやのろ（親祝女）

なはぬ　よー　をとこぬよー

あーじゃやよー　ぐじさま

いもうとのよー　たまやよー

すぃどぅさま　村がしら　島がしら

という部分がある。

（4）『瀬戸内町誌（民俗編）』三七七頁。

（5）益ウイツさんの伝承する「のろ口説」は「奄美沖縄民間文芸研究」第三号（昭和五五年七月）に登山修氏が全篇を筆録、口訳を付されている。筆者の採録したものと小異があるのみである。

（6）筆録は筆者。登山修氏と益ウイツさんの娘である三原オクエさんに疑問点その他について教示をいただいた。

（7）佐喜真家の当主佐喜真博氏の談による。

（8）『那覇市史』（資料篇第二巻中の七、那覇の民俗）による。

（9）「琉球の天人女房」（平凡社『巫女の文化』昭和五四年所収）。

（10）（9）に同じ。同書一一頁。

（11）折口信夫説による。「唱導文芸序説」（新版全集第四巻所収）「小説戯曲文学における物語要素」（『日本文学の発生　序説』新版全集同上所収）等参照。

（12）昭和四四年の採訪による。

（13）吉田東伍著『大日本地名辞書』。

（14）「旅と伝説」昭和四年三月号、村上辰午郎「丹波への旅」。その概要は関敬吾編『日本昔話大成』第二巻の「天人女房」の項にも紹介されている。

（15）『琉球国由来記』。

(16)『折口信夫全集』新版第二巻所収。
(17)西村亨「古代丹波の研究―宮廷信仰と地方信仰と―」(「慶応義塾大学言語文化研究所紀要」第一号。昭和四五年二月)。
(18)『伊勢二所皇太神宮御鎮座伝記』。
(19)発表時郷田姓。郷田洋文「天人女房譚に於ける農耕儀礼的背景」(「国学院雑誌」六一巻五号。昭和三五年五月)。
(20)(19)に同じ。
(21)(19)に同じ。ただし、折口信夫全集および同全集ノート編にはこれに該当するような箇所は見出されない。坪井氏の聞き書きであろう。
(22)「かいまみ」が男性の権利の領有となることについては、西村亨『新考 王朝恋詞の研究』の「かいまみ」の項を参照していただきたい。
(23)大林太良「穂落神―日本の穀物起源伝承の一形式について―」(弘文堂『稲作の神話』昭和四八年所収)に類例が集められている。

【後記】
『稲・舟・祭』(昭和五七・九、六興出版、松本信廣先生追悼論文集)所収
慶應義塾大学文学部を基盤として「地人会」という学際的な談話会があった。学内外から講師を招いて講演

と意見交換が行われる会で、幅広い話題と自由な意見が聞かれる刺戟に富んだ会合であった。古くは柳田国男・折口信夫両先生を中心に断続的に開催されていたが、久しく絶えていたのを池田彌三郎先生が復活され、第二次と言うべき一時期を画した。松本信廣先生はその会の長老格の存在だったが、私は事務局を預かってい た関係で松本先生からも信任をいただいた。先生は言うまでもなく広く人類学的な視野に立つ大学者でいられたから、八十五歳の誕生日を記念して関係者たちが論文集を作って奉呈しようという企画には大勢が参加した。私もその数に加えていただいたが、その中途で先生が歿せられて、論集は追悼の名を冠して刊行されることになった。私は先生との学問的接点としてふさわしいものと考えて天人女房譚を主題に選んだが、当時採訪を重ねていた奄美・沖縄での見聞を生かし、その資料を活字化する機会にもなると考えてのことであった。

この論文を機として、故坪井洋文氏から親近感を示されるようになったことも懐かしい記憶として残っている。

古今集の成立と歌枕

古今集の成立――と言っても、書物としての古今集の成立を言うのではない。古今風な和歌の成立、あるいは古今風な和歌の概念の成立ということを問題にしてみたい。

古今歌風の成立を考える場合、いちばん著しいのは、和歌に用いるべき題材・用語が決定したということだろう。題材と用語とは本来別のものであるはずだけれども、実際に歌の形に表現されると同じになってしまうことが多いので、ひとつにひっくるめて言うほうが便利なようだ。古今歌風の著しい特色は和歌に用いるべき題材・用語が固定してきたこと、つまり、こういうことばを用いてこういう題材を取り上げれば歌になるということが誰にもわかるように、はっきりと方式化してきたことだろう。中でも、和歌に用いるべき地名、よまれるべき季節の景物、題材たり得る恋の事象という三方面にそれが顕著に現れている。この三方面は歌枕の成立・季節感の成立・恋歌の成立ということになる。部立で言えば、後の二つはそれぞれ四季の歌・恋の歌に相当する。歌枕だけは、雑歌を中心とするけれども、四季の歌や恋の歌にもわたっている。それだけに広く、題材・用語の問題として抽象化することができるだろう。

そのほか、賀の歌や哀傷の歌などもそれぞれ特殊な題材・用語をもっているけれども、古今集の部立の根本になる三本の柱について見ておくことが問題の把握を容易にするだろう。

紙数に限りもあることだから、ここでは歌枕ひとつに説明を絞ることにするが、万葉集と古今集とでは地名のもつ意味が違っている。万葉集の地名は土地を意味する地名そのものであるのに対して、古今集の地名は固定したイメエジをもつ、文学用語化された地名だ。それは、地名が背後にもつ歴史性をになっていると言ってもいい。

地名に神性、宗教的な色彩を感じることは、古今集よりは、むしろ万葉集のほうに強いと言うことができる。峠の神にたむけの歌を奉ったり、宮廷行事の行われる土地で歌を作る。そういう地名はイコール神名である場合が多いけれど、中には繰り返しよまれて、歌枕の萠芽と言えるような地名もある。飛鳥の神奈備など巻一三の巻頭に十首ばかりも並んでいるし、東歌には筑波嶺《つくばね》や足柄に多数の歌が集中している。しかし、これらは地名がすなわち神名であるにしても、それ以上の特別な意識は見られないので、つまりは実際の土地そのものがそこに歌われているにすぎない。

ところが、古今集になると、ある種の地名は特殊なものとして抽象化されたイメエジをもつようになる。それは土地そのものを指すのではなくて、特殊化された知識としての地名なのだ。

東国の地名の場合など、典型的にその傾向が現れているけれども、宮城野とか末の松山と言えば、実際の土地の風景なり印象が共通の知識として思い浮べられるのではない。宮城野ならば小萩が茂っているとか、木の下露が降りそそぐ、末の松山ならば松の梢を浪が越える。そういった風景が約束的に思い浮べられる。つまり、地名がいわば一種の虚像を描き出しているので、それもたいていは一首または二首の風俗歌を通じての知識なのだ。

都にあって宮城野・末の松山という用語・題材を歌によみこなしている人たちが、必ずしもみちのくの現地の風景を目にしていたとは思われない。大半が行って見たこともなくて、「みさぶら御笠と申せ……」「……もとあらの小萩露を重み……」あるいは「……末の松山浪も越えなむ」などの歌を通じて固定したイメエジをもち、そういう用語・題材としてそれらを使いこなしていたのだろう。

そこに地名が完全に歌枕と化し、歌語・文学用語として独立した趣をうかがうことができる。だから、古今集の地名は、もちろんそのすべてがではないけれども、地名がもはや土地の名そのものではなく、特殊な概念の表象であるわけだ。都の人々にとって、現実の宮城野や末の松山がどうであるかという関心は二の次で、それよりも約束的にもたれているイメエジが大切であったわけだ。そういう意味では、山城の京に住みながら、山と言えば香具山や吉野山ばかりを歌によむ後世の習慣の源流がすでに現れているし、吉野山がどこの国にあろうと問題ではない、ただ花は吉野、紅葉は竜田だ、そのイメエジだけが大切なのだと言い切った正徹流の和歌観もすでにここに規定されていると言ってもいい。

都に近い地方の、より古い歴史をもつ土地の地名でも、同じように虚像の表象となることはあり得た。つまり、イメエジの固定するチャンスをもった地名は歌枕化し得たのだった。飛鳥の神奈備はついにそのチャンスをもち得なかったから歌枕として固定することがなかったけれども、飛鳥川のほうは歌枕の代表的なもののひとつになった。それは

世の中はなにか常なる飛鳥川きのふの淵ぞけふは瀬になる（古今集　巻一八・九三三）

の一首の力だったろう。

万葉集に見える飛鳥川はみそぎの川として水の清さや瀬の速さ、あるいはなびく玉藻などが興味の中心になっている。それらは現実の川としての飛鳥川が意識の対象にあるのだけれども、そのたくさんの類型の中から、右の「世の中はなにか常なる……」の歌が生れてきた。淵や瀬を問題にすることは、みそぎの川としての飛鳥川の伝統であり、約束どおりなのだけれども、それに仏教的な無常観を結び付けたのは近代的な教養の所為だった。だから、この歌、そう古くも、古風でもないのだけれども、形としてはやはり風俗歌の系統と言うことができる。そして、この歌に人気のあったことが、飛鳥川と言えば淵が瀬に変るという固定した知識になり、

歌枕としての位置をかためていった。

飛鳥川ということばへのもうひとつの興味は、「きのふ・けふ・あす」という、言語遊戯的なおもしろさで、この歌もあすか川のきのふの淵がけふは瀬になるというふうにそれを利用している。同じ古今集にある、

きのふと言ひけふと暮して飛鳥川流れてはやき月日なりけり（古今集　巻六・三四一）

は、やはり同じことばの興味を中心として流れの速さから月日の経過する速さにひっかけてきたのだけれども、このほうは春道列樹《はるみちのつらき》という作者が知られているから、もっと新しいものだろう。ところが、この歌は同じ類型にあるとは言うものの、「世の中はなにか常なる……」の影響を受けているように見えない。それが「世の中は……」の流行をさほど古いものではないと推定するひとつの根拠になるのだけれども、一方「世の中は……」の歌の人気が爆発的になると、

飛鳥川淵は瀬になる世なりとも思ひそめてむ人は忘れじ（古今集　巻一四・六八七）

飛鳥川淵にもあらぬわが宿もせに変りゆくものにぞありける（古今集　巻一八・九九〇）

以下、数々の飛鳥川の歌の誕生となる。このあとのほうの歌は伊勢の御の作で「家をうりてよめる」という詞書のある有名なものだが、「瀬に変りゆく」が「銭に変りゆく」にひっかけられている。伊勢の御には、ほかにも

飛鳥川淵瀬に変る心とはみなかみしもの人もいふめり（後撰集　巻一八・一二五九）

など、飛鳥川を使った歌がある。大和の女性としてゆかりの深い題材・用語だったのだろう。ともかく、「世の中はなにか常なる……」の歌以後、飛鳥川と言えば淵瀬に変るということが固定した知識となり、飛鳥川を題材・用語とする歌の大半がそのイメエジをもって和歌によみこむこととなる。これが歌枕の成立であり、そういう用語を数多くもつようになったのが古今歌風の成立であったということになる。古今集の仮名の序がいろいろな歌の種別を言う中に「筑波山にかけて君をねがひ」「富士のけぶりによそへて人を恋ひ」「高砂・住の江の松も相生《あひおい》のやうに覚え」「男山の昔を思ひ出でて」「松山の浪をかけ」「吉野川をひきて世の中を恨みつ

るに」などとあるのが、端的に右に述べてきたことを裏書きしてくれるだろう。いずれも一首の歌を連想させ、固定したイメエジを思い浮べさせることばなのだ。

季節の用語などもほとんど同様に考えることができる。季節の用語・題材が決定することが四季の歌を成立させ、以後の和歌史をも規制してゆく。「能因歌枕」は地名のほかに季節のことばその他の歌語をも併せ収めているけれども、広義に解した歌枕はその種の歌語をひっくるめて意味することになる。

歌枕の成立は、歌の道入門の第一として歌枕を知り、それを和歌によみこなすすべを学ぶという方式を樹立する。能因歌枕という歌枕辞典ができる以前に、それをもっと女性向きにやさしく解説したのが清少納言の「枕草子」だった。枕草子は世間ではあまり歌学の書物というふうに性格づけていないけれども、能因歌枕と並べてみると、歌の道入門のために歌枕を集めたり、その情趣を解説したりした書物であることがよくわかる。能因歌枕のほうは

山をよまば、吉野山、あさくら山、みかさ山、たつた山などよむべし。

とぶっきらぼうだけれども、枕草子のほうは、

山はをぐら山。かせ山。みかさの山。……すゑの松山。

と音調よく並べてゆく間に、

かたさり山こそ、いかならんとをかしけれ。……あさくら山、よそに見るぞをかしき。

と、その名のどこに興味があるかを教えている。

清少納言は深養父以来の歌の家筋の生れで、父元輔は梨壺の五人のひとり、後撰集の撰集に加わっている。その歌の家の娘が、家庭教師といった資格で定子《ていし》に召され、自分のもつ歌の道の知識を書き集めて奉った。枕草子の名は枕言を書き集めた冊子ということだし、清少納言が定子に答えた「まくらにこそはしはべらめ」ということばは、歌の道の枕言、すなわち「歌枕を書き集めた枕草子を作りましょう」という意味であったに違いない。

歌枕の普遍化するひとつの過程として、古今集成立の百年後にはこういう時代がやってくる。

【後記】

鑑賞日本の古典3『古今和歌集・王朝秀歌選』月報15（昭和五七・一、尚学図書）

月報に頼まれた短文であったけれども、私の古今集観の要点を纏めているので本書に収録した。私の学問的な出発は和歌であり、古今集への親しみからその道に入ったのだが、古今集論として纏まったものをついに書くことがなかった。慚愧の種のひとつであるが、『王朝びとの四季』と『王朝びとの恋』とを四季の歌と恋の巻々の考察として見ていただくことができようかと思う。雑歌についての論は歌枕に主眼がある。それはこの短文でも一端を解説しているが、次の「阿漕が浦の文学」がその詳論となっている。羇旅と離別が歌物語に関係が深いことを、まだ学会発表など初々しかった頃に説話文学会で行なったことがあった。「さすらいの歌と歌物語」という題と昭和四十二年一月という年月だけは記録にあるが、発表の原稿などは残っていない。その後、池田彌三郎先生の還暦の記念に門下が研究発表を奉呈しようと言い出してプライベートな発表会を行なった時に、私は「賀の歌の成立」と題する小論を捧げた。賀の歌が年の賀を基幹としていることを言ったのだが、先生のお年から数えて昭和四十九年のことだったと思う。発表原稿は多分その場で差し上げたのだと思う。後出の「大嘗祭と神楽」が巻二〇の大歌所の歌の論なので、それらを寄せ集めると、大体古今集の全貌が見えるはずであった。

阿漕が浦の文学

古代以来の日本の説話の中に、歌枕説話と言うべきひと筋の流れがある。

歌枕は言うまでもなく、和歌の題材とすべき地名、いわゆる歌名所のことであるが、これをしいしんとして構成された説話をかりに「歌枕説話」と呼んでみようと思う。この歌枕説話は、単に和歌というひとつのジャンルとの関係にとどまらず、日本文学の各方面との交渉を生じており、文学や芸能の素材となって、文学の生成・展開の上に重要なはたらきを見せている。「阿漕が浦」というひとつの歌枕をとってみても、そのことは明らかに看取されるのであり、説話というものの性格、あるいは説話と文学との交渉というような問題にも興味が及んでくる。本稿では「阿漕が浦」を一例として歌枕説話の様相を具体的に展望し、右のような諸問題の考察のいとぐちともしてみたいと思う。

一首の和歌

阿漕が浦はほとんど一首の和歌によって歌枕となったものである。このことは別に珍しいことではなく、一首の和歌の知識が一個の歌枕の成立の導きとなった例はいくらもある。「末の松山」という有名な歌枕の場合もそれであり、古今集の東歌に採録された「君をおきて　あだし心をわが持たば、末の松山　浪も越えなむ」（巻二〇・一〇九三）の歌一首によって歌枕となり、この歌の知識を背景として和歌の大切な題材のひとつになっている。

阿漕が浦は三重県津市の、今では工場街になってしまったが、十年くらい以前までは海水浴場であった海岸のあたりで、今でも付近に阿漕塚という塚が残されている。この塚は阿漕が浦の伝説の主人公平次の霊をまつったものとされているが、百六十年ほど昔、文化年間のこととして式亭三馬が書き遺しているところによれば、(1)阿漕町では毎年七月十六日、盆の供養として家ごとに作った牡丹燈、蓮華燈といった切紙燈籠をこの塚へ携えて行き、塚の周囲に懸け連ねて平次の亡き跡をとむらったという。おそらく、当時この地方に実際にそういう習俗が存したのであろう。

この阿漕の平次というのは土地の漁師で、もともとこの地は伊勢神宮の御贄を調進する土地として漁獲が禁ぜられていた。その禁を破って平次が網を引き、度重なるうちに人の知るところとなり、所の定めとしてふしづけ（簀巻き）の刑に処せられた。その霊が浮ばれずにいるというのが伝説の骨子である。

この伝説は、今日では知らない人がないくらいに広く知れわたっているが、その流布にあずかって力があったのは、これが謡曲『阿漕』(2)の素材とせられたことであろう。謡曲を通じて伝説が民間に滲透し、民間の知識が育成せられたことが考えられる。しかし、おそらく伝説以前から阿漕が浦の名は歌枕のひとつとして知られており、そして、それもほとんど一首の歌の知識によっていた。その歌は『古今和歌六帖』に

逢ふことを　阿漕の島に引く鯛の　度重ならば、人も知りなむ

として記録されているが、『古今六帖』の異本によって字句の異同があり、[3] ほかに伝承によって相当の相違がある。しかし、おおざっぱに言って、初句が「逢ふことを」となっているものと「伊勢の海」となっているものと、二つの系統に大別されるようで、『古今六帖』が載せたのは「逢ふことを」のほうの系統であった。

『古今六帖』はこの歌を第三帖に「鯛」という題で収録している。[4] その題に対して見るならば「引く鯛の」が後述の「引く網も」より適切だということになる。しかし、鯛を「引く」とするのはどんなものであろう。また、この歌の技巧としては、「逢ふことを　阿漕の島に引くたひの」という序歌から同音の「たひ重ならば」を起こしたのであって、全体としては恋歌になっているのであるが、理解しにくいのは「逢ふことを」という第一句のかかり方である。「逢

ふことをあこぎ」としたのでは意味が通らないし、句を隔てて「逢ふことを……度重ならば」としてみても舌足らずである。それに、古今前後の時代の歌としては技法が異風に感ぜられるので、あるいは『古今六帖』に採録する際に「鯛」という題にふさわしく、また恋歌としての趣意をはっきりさせようとして手を加えたのではないかという疑いが挿まれる。

異伝の存在

この『古今六帖』採録の形と並行して、第一句が「伊勢の海」となっている系列がある。管見にはいったものだけを列挙すると、

伊勢の海　阿漕が浦に引く網も、　度重なれば、　人もこそ知れ
（『源平盛衰記』巻八「讃岐院事」）

「伊勢の海　阿漕が浦に引く網」の歌、古より多く申すことなり。（お伽草紙『あこぎのさうし』）

伊勢の海　阿漕が浦に引く網も、　度重なれば、　顕はれにけり(5)（謡曲『阿漕』）

伊勢の海に　阿漕が浦に引く網も、度重なれば、顕はれぞする

（古浄瑠璃『あこぎの平次』）

伊勢の海　阿漕が浦にひく網の　度重なれば、顕はれにけり(6)

（「勢州阿漕浦事蹟並地名考証」）

といった具合である。(7)

わずかずつではあるが、伝承の間に異伝があったわけである。そして、これらの民間の伝えを記録したと見られるものは、歌の背後に前述の伝説の存在がある。その結び付きによって伝承されていたと見られるものが大部分である。この系列の歌には『古今六帖』の記録との間にいくつかの注目すべき相違がある。その第一の「伊勢の海」ということばについては後に述べるが、阿漕の島と阿漕が浦との違いなども注意にとめておくべきであろう。少なくとも、現在の阿漕が浦の地形は、島とも、かつて島であったとも思われないが、それでは、もし阿漕の島と呼ばれるものが別にあったとすれば、それがどこか、またなにゆえに阿漕が浦のほうに歌が引き寄せられてしまったのか、問題になるであろう。

第三の相違点である「引く網の」と「引く鯛の」とについては、前述したように「引く鯛の」

のほうに無理が感ぜられるのであるが、下の句になると、これは「伊勢の海」の系列のほうに崩れが目立っている。「度重なれば」は『古今六帖』の歌にあるように「度重ならば」と仮定の条件に言わなくてはならないはずである。そこを「度重なれば」としたのは歌が口語化しているのであるが、謡曲『阿漕』のように「度重なれば、顕はれにけり」となると、これは仮定ではなく、全く過去のできごとを言っていることになる。

大体、『源平盛衰記』以下この系列は、第三句が「引く網も」となっているものが多いのであるが、これによって歌の趣がかなり変ってくる。あの阿漕が浦に引く網も度重なればことが露顕に及ぶ。そのように、われわれの逢瀬も度重なったならば世間に知れようではないか。そういう恋の警戒の気持ちを述べたことになるので、「も」の一字によって比喩の歌となっている。これが「引く網の」であるならば、上の句は序歌である。

『源平盛衰記』の「……引く網も、度重なれば、人もこそ知れ」は、まだ一般的・抽象的な表現であるが、謡曲『阿漕』の「……引く網も、度重なれば、顕はれにけり」は、歌が完全に阿漕が浦の伝説を知識として成り立っている。あの漁夫の引く網が度重なったから露顕して破滅に至った、そのように……と、はっきりと過去の事件を示して、現在の恋の教訓としているわけである。つまり、この古歌のあることは、逆に伝説の証明となっているので、歌と伝説との結び付きが確実になっている。『源平盛衰記』は阿漕が浦の漁夫の話を載せていないけれども、[8]「引く網も」という形であることによって、傾向としては伝説との接近を見せていると言える。これが大体においていつごろ歌と伝説とが結び付いたかという見当を付ける材料となっているが、明らかに伝説の証明として歌を記録しているのは謡曲『阿漕』か、お伽草紙の『あこぎのさうし』以後のことである。ただし、『あこぎのさうし』は明徳二年（一三九一）に著者兵部少輔俊宗が阿漕が浦に遊び、里人山内弥次から聞いたところを録したものだという形をとっているが、その成立については疑問があり、多田義俊の偽作であるとも言う。[9]

「姨捨山」の場合

阿漕が浦という歌枕が広く人に知られ、その名が民間の知識となったのは、第一に伝説との結び付きであり、第二に歌道に志す者の必須の知識として解説される機会に恵まれたことである。『源平盛衰記』が早くもこの歌枕を西行発心の由来と関係づけていて、[10]その話は落語の世界にまで取り込まれてゆくのであるが、お伽草紙の『猿源氏草子』なども歌枕を解説するという趣意から一篇が成り立っている。

この第二の方面についてでは本稿では深入りすることをしないが、第一の歌枕と伝説との結び付きには特に注意しておきたい。歌枕が歌枕として生命を維持するためには、歌人の感興を誘うに足るだけの特殊性がなければならないが、伝説との結び付きはまさにその条件を満たすものであった。歌枕がその背後にある伝説の内容を示唆することによって、それを取り込んだ歌が二重のイメージをもち、内容に複雑な味わいを生じてくる。そういうおもしろさが和歌の題材としての生命を維持させることになる。

更級日記の作者が「月も出でで　闇にくれたる姨捨に、なにとて　今宵尋ね来つらむ」とよんだのは、更級日記という書名の由来ともなった歌であるが、ここによみこまれた歌枕の姨捨山は、古今集に記録せられた「わが心　なぐさめかねつ。さらしなや　姨捨山に照る月を見て」（巻一七・八七八）の歌によって歌枕となったものである。以来月の名所としてこの山と月とを配して歌によみ、あるいはこの地の月を賞するためにはるばると人が訪れるというように、日本の文学地図の上のひとつの重要なポイントとなっている。この姨捨山という歌枕なども、伝説との結び付きによって歌枕としての生命を保持したものであった。その伝説は大和物語が記録にとどめてくれたが、棄老伝説の一方の典型的なものである。(11) ところが、この歌枕の場合にも、そのもととなった一首の和歌と伝説との結び付きの痕跡を認めることができる。姨捨山がもとをはつせやまであったろうというのは窪田空穂氏の卓説であるが、(12) その音が変化してをばすてやまとなり、をばすてやまというのはおば（伯・叔母）を捨てた山だからその名があるのだろうという民間の語原解釈から棄老伝説と結び付いたものであろうと考えられる。「わが心　なぐさめかねつ。……」はおそらく土地に伝承された民謡であろうが、地方の歌というものは、何かわりきれない、気にかかるような印象をとどめているものが多い。この歌も、「わが心　なぐさめかねつ。……」と繰り返す間に、なぜ月を見ていながら心が慰められないのか、という疑問が起こるところから、それは姨捨山におばさんを捨てたからだ、おばさんを捨てた山に月が照っているからだ、というような解答が用意されてくるのである。その結合はいかにも落語めいているが、こういう一種の合理解が説話を育てたり変型させたりしていることは例が多い。ともかく、をはつせやまがをばすてやまとなり、棄老伝説と結び付くことによって、この歌枕が文学性を得て、その生命を保持する要因をそなえたのであった。

伊勢歌の存在

阿漕が浦の場合も、この地方に伝承されていた民謡がたまたま都の文学に採り上げられることのあった一方に、そのまま土地に根を下して、伝説と結び付くことによって歌枕としての価値を再認識されたものであった。平安中期以後、都の歌人たちがしきりに地方的な知識を探究したのも、いったん記録の上に固定した歌枕が地方においてはなお生命あるものとして保持され続けていたことの発見であり、その刺戟が都の文学に新しい活気を吹き入れたというふうに考えれば、その努力の意義が理解できるであろう。

『古今六帖』の「逢ふことを……」と、土地の伝承である「伊勢の海……」とを比較してみると、「伊勢の海」を初句とするもののほうに、地方の歌として本格であるという性格が感じられる。それは、伊勢の地方には伊勢歌と言うべきものが存在するからである。伊勢に限ったことではないが、地方で大切にされている歌、その地方の神歌とか、古い伝承をもつ歌、あるいは地方に根付いている民謡といったものがある。それらは宮廷の歌に対して風俗歌（くにぶりのうた）と呼ばれるが、そのうちのあるものは都の文学の中にはいりこんでくる。たとえば、大嘗祭というような機会に悠紀・主基に選ばれた国がその地方の国魂のこもった歌を宮廷に奉る。国魂はその地方を支配する霊魂ということであって、姿のすぐれた目に立つ山、川の隈、森や湖、あるいは峠、岬、そういった地物にこもっている霊魂である。その名はそのまま土地の名であるから、それらの地名を含んだ歌を宮廷に献ることがすなわち国魂の奉献であり、その地方の宮廷への服属を確認することになる。こうして、地方の歌が時代時代に都へと集中してくる。風俗歌やそれをもっと圧縮した、一首の歌の中でも大切な、霊魂のこもった部分、すなわち歌枕が都の文学の中に繰り込まれ、整理されて、和歌の題材となるのである。歌枕は風俗歌の中の国魂のこもった部分であるから、結局は地名ということになる。地方の歌における地名は、その意味で注目されなければならない。本格的な地方の歌というものは、地名を含んでいるのである。

伊勢歌と言うべきものは、古今集の東歌に一首あるが、[13]催馬楽の「伊勢の海」[14]なども風俗歌であることがはっきりとしている。平安朝には、地方の民謡が中央にはいって外国音楽風な編曲を受け、しきりに愛唱されているが、この歌が公私の宴会の席で歌われた様は日記や物語の類にも見えている。そのほかに、伊勢歌と言ってよい風俗歌の系統のものが万葉集や古今集の読人知らずの歌の中にぽつぽつと拾い出されるが、[15]こういった歌が滲透して、伊勢の関係というと海人だとか漁撈に関した、釣り、あるいは貝や藻を拾うという修辞が出てくるようになる。源氏物語でも、六条の御息所が娘の斎宮に付いて伊勢へ下っての後の光源氏との贈答[16]では、しきりに「伊勢島」「海人」「藻《め》を刈る」といった修辞が用いられている。後撰集あたりになると、風俗歌の系統でない、当代の人々の創作の上にこの種の修辞が目立つようになる。[17]中には源氏物語に引き歌として利用されているものもあるから、(18) 伊勢歌の修辞が当時の文学のための普遍的な知識となっていた趣が見られるのである。

繰り返して言えば、伊勢歌としての条件の第一は歌枕となるべき地名を含んでいること。第二に伊勢歌の大きな特色となっているのが漁撈に関する描写を修辞としていることである。伊勢歌のそういう性格を背景においてみると、「逢ふことを……」の歌よりも「伊勢の海……」のほうが、伊勢歌として本格のものだということになる。「伊勢の海……」では恋の主題がはっきりしないように見えるために、『古今六帖』編集の際か、あるいはその原資料においてか、ともかく都の文学として記録される際に辞句を改変せられたのではないか、そして、それとは関係なく、土地の歌としての「伊勢の海……」が伝承され続けたのではないかと考えられる。

「伊勢の海……」は漁撈の描写から恋の主題へと転じてゆくのが、いかにも民謡に通有の技法である。そして、この民謡は、それ自体の意味としては「度重なれば」人の知るところとなろう、逢瀬が重なったらふたりの仲が顕われてしまうと言っているだけである。禁漁の海で度々網を引いたから露顕した、という内容は歌自身の関知するところではない。たまたま阿漕が浦が禁断の海であり、その禁を犯した海人の伝説があったために、歌の意味がそちらへ引かれて、あたかも伝説をよんだ歌のように受け取られ、辞句までが改変せられるようになったと考えるべきであろう。

神宮の大御饌

阿漕が浦と伊勢の神宮との関係がどこまで溯れるかは問題であるが、現代では神宮の大御饌として供える鯛は知多湾にある篠島[19]諸島の中の中手島で調進されることになっている。式亭三馬は「勢州阿漕浦事蹟並地名考証」の中で神饌としての干鯛が篠島で調進されることを言っているが、「或説に、いにしへはこれを阿漕が浦にて釣りしといへり」とも言っているのは神領の海域に移動があったという考えを示すものであろう。古く延喜式の「斎宮寮式」にも月料あるいは正月三節[20]の料として「鯛の楚割《すはやり》」というものが見えている。スハヤリは「すはえわり」のことで、楚《すはえ》のごとく割る意味だと『安斎随筆』に解説されている。ともかく、魚肉を細かく割って塩干しにし、削って用いるのであるが、伊勢の神宮に鯛の奉られたのが古いことだけは確かである。その大御饌の料としての鯛を古くはどこで漁獲したかとなると、魚の生態の変動もあることであるから簡単には言えないが、『古今六帖』が阿漕の島の歌を「鯛」の題目に配したのは、あるいはこの土地の鯛が当時すでに名を知られていたのかも知れない。

房州小湊の鯛の浦の鯛は、日蓮上人の伝記に結び付けられて、上人誕生の際の奇瑞としてその群れが銀鱗をひらめかせて浪の上に躍りはねたものだと言う。以来、この地の漁民は鯛を上人の生き姿として崇め、この海を殺生禁断の聖地として守り続けたということで、今日に至るまで群棲する鯛の奇観が訪れる人の目を楽しませている。

あるいは阿漕が浦にもそのような特殊な鯛の習性があったものかも知れない。「勢州阿漕浦事蹟並地名考証」は、鯛は八十八夜のころになると水面近くに浮き出るものだと説明しているが、それは桜の花の時分産卵のために鯛が浮上する「さくら鯛」あるいは「浮き鯛」とは別のものであろうか。(21) その方面に詳しい方の教示を得たいものであるが、阿漕が浦の鯛が伊勢の神宮に関して、あるいはそれでなくとも宮廷に奉献するための料として指定されていたとするならば、阿漕が浦が歌枕となるための基盤は十分に用意せられていたことになる。各地の風土記が地形・地物とともに土地の産物を記録したのは、それらがやはり国魂の現われであり、それを産する土地に霊魂の所在を認めたからである。阿漕が浦は鯛を産することによって土地の特殊性が認められていたわけである。

「伊勢の海　阿漕が浦に引く網も……」の歌を、そういう特殊な土地において、神や宮廷に奉るための漁撈に際しての労働歌と見るならば、この歌の意義は最も自然に、無理なく解することができるであろう。少なくとも、これがその種の歌の類型に属することだけは認められていいはずである。そして、阿漕が浦が禁漁の地とせられた歴史を背景にして、歌と伝説とが結び付いたものであろう。

禁断と私刑と

阿漕が浦の漁夫の話のほうは、明らかに、禁漁という社会的な制約のもとに生れたものであった。その基盤に信仰的な、強い禁忌の感情がはたらいていたことは言うまでもない。いかに土地の定めであるとは言え、密漁を行なった者を簀巻きにして生きながら海底に沈めるというのは残酷である。これは事実としてそういうことがあったと見るよりは、むしろ神への謹慎を強調するための仮構と考えるべきであろう。似たような私刑の残酷な印象をとどめる話がある。

奈良の町では、鹿を春日の神のつかわしめとして大切に保護している。もし神鹿に害を加えると石子詰めの刑に処せられるので、奈良の町の人々は、朝早く起きて自家の前にその死骸が置かれてでもいないかと注意したもので、それでこの町の人々は早起きなのだという。ところが、たまたま三作という少年が手習いをしていた際、近寄ってきた鹿が手習いの紙を食べてしまったので、文鎮をもってこれを打った。当りどころが悪く鹿が死んだために、所の法として石子詰めに処せられた。深い穴を掘って三作を中に入れ、町の人々が手に手に石を投げて打ち殺したものだという。これが猿沢の池のほとりに近い石子詰め塚の由来とする話であるが、いかにも陰惨な感じを与えている。

実は、石子詰めは山伏の行法で「谷行《たにこう》」とも呼ばれたもので、謡曲『谷行』にもその印象をとどめている。石を積んでその中に人を埋めることが魂をこめるための手段であり、復活の儀式としての意義をもつものであった。「こづむ」という動詞はものを積み上げることで、石を「こづむ」こと、すなわち「石こづみ」が訛って「石こづめ」となり、石の中にこどもを埋めるというような連想を招いてきた。しかし、本来は修験道における成年戒あるいは入門のための苦行で、それが一方に物語化し、一方には実際の刑法として行われるようにもなったもののようである。(22) この場合は「石こづみ」→「石子詰め」という語原解釈が伝説を生み出す核になっている。

阿漕が浦の場合は「伊勢の海……」の歌が核になって、伝説が構成されたものであった。「度重なれば」は網を引く動作の描写から生れた措辞であったろうが、「度重なれば人もこそ知れ」

「度重なれば顕はれぞする」と繰り返すうちに、何を人が知るのか、何が露顕するのかということが気にかかってくる。「わが心　なぐさめかねつ。……」の歌がなぜ心が慰められないのかと気にかかるように、「度重なれば……」が恋の比喩であると理解していても、一方に何か隠れて悪事をしているといった印象を拭い去ることができない。これが神宮の御贄調進のための漁獲の禁断と連想が結び付きさえすれば、その悪事とは禁漁のいましめを破ることだという答えになってくる。土地がらその結び付きは自然であり、そうなれば禁断を犯して私刑にあう漁夫の伝説の誕生は勢いのおもむくところであった。

阿漕が浦の文学

歌枕が歌枕としてとどまっている限りにおいては、阿漕が浦は和歌や連歌の世界から出ることがなかった。せいぜい文学的な語彙としての使用の範囲にとどまり、(23)(24)散文の方面に出たとしても、『猿源氏草子』といった和歌文学の亜流を生み出すに過ぎなかったであろう。ところが、阿漕が浦の名が伝説と結び付いたことによって、この素材は小説・戯曲の分野に一筋の系列を作ってゆくことになった。そうして、その方面において、ひとつの文学の種子が成長し展開してゆく跡を見ることができるのである。

たとえば、阿漕の平次というこの説話の主人公の名は謡曲『阿漕』には見えていない。謡曲では、この浦を阿漕が浦と言ういわれを語れという旅僧の求めに対して、釣りする漁翁が禁断を犯した漁夫の物語を語るのであるが、その名を「阿漕といふ海人」だと告げている。その漁夫の名が所の名となったというのであろうが、阿漕が浦の伝説の主人公だから阿漕だとするのはいかにも曲がない。おそらく漁夫の名さえ知られぬもとの話をいくらかでも体裁を整えたものであったであろう。

その漁夫を転じて伊勢平氏の次盛という人物だとしたのは『あこぎのさうし』の作為である。しかも、平次の名は『あこぎのさうし』が初めて創り出したのではなく、その名があって、それを伊勢平氏の次盛だから平次なのだと謎解きしたという趣がある。古浄瑠璃の『あこぎの平次』なども、忠臣村上勘解由之介行春が阿漕の平次と名を変えることについて、なんの説明もない。ことに地名としては、伊勢の国安濃の郡島が崎に住みついたと言って、阿漕が浦の名はない。そして、世を忍ぶために阿漕の平次と名告ったとするのであるから、その点は唐突である。おそらく前型があって、すでに阿漕の平次の名が観客の予備知識にあったのであろう。この古浄瑠璃を取り込んだ『田村麿鈴鹿合戦』(25)では平次の名がある場面のモチーフとなっており、桂平次清房が密漁のおりに残した笠に平次の名があったことから捕われようとすると、平河原の次郎蔵という者がその平次は自分のことだと名告り出たりする。つまり、平次の名から傍役のひとりが誕生するわけである。読本『阿古義物語』(26)に至っては最初から阿漕平二が主人公として登場するので、その名が世を忍ぶかりの名、漁夫としての名ではなくなるが、古浄瑠璃以来の名ある武士が阿漕が浦に陰棲するという境遇とそれが忠臣、善玉であるという設定だけは守られている。主人公の名と境遇と性格と、これだけについても右のような展開と推移の跡が見られるのである。

お伽草紙の『あこぎのさうし』は前述のようにその成立が疑われているが、話があまりに異風であって、伊勢平氏の次盛が威勢におごって網を引かせ、神宮の贄をとどめたので、国司の軍に捕えられてふしづけにされたという筋立ては文人の創意かと思われる。漁夫の伝説を離れてしまっているが、これが同じ種子の異伝だとすれば、謡曲→古浄瑠璃の系統のほうが浄瑠璃にも読本にも継承されて、その基本的なプロットを変えなかったということになる。そして、そういうふうに先行する作品をなぞって新しい作品をふくらませてゆくのが日本の古い文学の常道であった。

阿漕が浦の漁夫がなぜ厳しい禁断を犯してまで網を引かねばならなかったか、その動機の説明なども、亡霊が網を引き地獄の責苦に悩む姿を舞台の上に演じて見せることを主眼とする謡曲ではさほど必要とせられなかったであろう。しかし、戯曲として、小説として、登場人物の心理や行動の必然性が要求せられる作品では、当然それに応じた説明がなされなければならない。古浄瑠璃の『あこぎの平次』が妻子を養うためとするのは動機の説明としてまだ弱いけれども、『田村麿鈴鹿合戦』では老母の病気にきく戴帽魚《やがら》を得ようとして、『阿古義物語』では主君の母の眼病の薬とされる蜃珠を得ようとして、というふうに説明されている。『阿古義物語』は明らかすぎるほどに『田村麿鈴鹿合戦』の趣向を借りているが、こうして網を入れた結果名剣を手に入れるというようなプロットまで引き継いでいる。

謡曲の眼目とした網打ちの場面は、戯曲の系列では、古浄瑠璃『あこぎの平次』を経過して『田村麿鈴鹿合戦』にも生きている。作意の中心が阿漕が浦にあって、その場面が演劇的にも優れたものとして残ったのであるが、長篇小説である『阿古義物語』になると幾つかの筋立てが組み合せられているので、阿漕が浦の場面だけが眼目というわけではない。こういう量的に大きな作品の中に取り込まれて、阿漕が浦の主題はかえって色が薄れてしまっている。『田村麿鈴鹿合戦』にしてもそうであるが、漁夫の亡霊が浮ばれずにいるという本来のモチーフはどこかに消え去ってしまった。そればかりでなく、伝説の核心にあった「伊勢の海……」

の歌までが忘れられてゆくのである。「伊勢の海……」の歌を作品の上に記載しているのは古浄瑠璃の『あこぎの平次』までである。『阿古義物語』はいかにもものものしい構えで、「勢州阿漕浦事蹟並地名考証」を巻頭に据えてはいるが、作品そのものの中に阿漕が浦の伝説の主題が生かされているかどうかは問題である。

要するに、阿漕が浦の素材は幾つかの文学作品を生み出す契機にはなったけれども、大きな作品の中にあって素材が十分に生かしきられたわけではなく、かえって雑多な要素の中に紛れこみ埋没してしまったかの観がある。その点で、阿漕が浦にとっても、日本文学にとっても、結果は必ずしも幸福ではなかったのである。

阿漕が浦の文学は日本文学の全体から見れば、一筋の細い流れに過ぎない。それが優れた素材であったか、十分に開花するに至ったかについてはもはや筆を費さないが、日本の古代から近世までにかけて、その流れが見え隠れしつつ変転を重ねてゆく様相はまことに興味深い。歌枕説話というべきものは、阿漕が浦のほかにも幾つかの目にたつものを数えることができるが、それらが日本の文学史に占める位置は注目に価するものがある。ことに近世の文学が安積沼や不知火など、その他多くの歌枕と深い結び付きを保っていることは、この時代の文学に新たな照明を当てる必要のあることを感じさせるのである。

【注】

（1）式亭三馬作、読本『阿古義物語』付載「勢州阿漕浦事蹟並地名考証」

（2）世阿弥作とされる。四番目。執心物。

（3）『古今和歌六帖』の校異は、『古今和歌六帖標註』『校証古今和歌六帖』に詳しいが、この歌の字句の異同の主なものを列記すれば、第一句あふことも、第二句あとぎの、うらに、第三句あひの、第五句ひとしりぬべし、ひとしりぬべき、ひとしりぬべみ、である。

（4）時代は下るが、『夫木和歌抄』は雑五に「島」の題で、雑九に「鯛」の題で採録している。いずれも読人知らずであるが、字句の異同は『古今六帖』のそれの範囲を出ない。

（5）謡曲『阿漕』の作者はすでに『古今六帖』との相違に気付いている。この歌を古歌としてあげ、六帖の歌として「逢ふことも　阿漕が浦に引く網も、度重ならば顕はれやせむ」をあげている。

（6）「勢州阿漕浦事蹟並地名考証」は（1）に示すように式亭三馬の作であるが、これでは『古今六帖』の歌として「逢ふことを　阿漕の島に引く鯛の　度重ならば、人知りぬべみ」をあげ、それを世俗に誤り伝えたのがこの歌であるとする。

（7）このほかに『猿源氏草子』は「塩木取る　阿漕が浦に引く網も、度重なれば、顕れぞする」を引くがこの作品は歌の故実を説くことを主眼としているので歌が歪められているおそれがある。
（8）『源平盛衰記』巻八「讃岐院事」には、西行発心の由来として、高貴の女性と一夜の逢瀬があり、重ねての求めに対して「あこぎの浦」と言われた、それは「伊勢の海　阿漕が浦に……」という歌の心で、阿漕が浦では神の誓いによって年に一度以外は網を引かない、というふうにこの歌が引かれていて、禁断を犯す話はない。
（9）津坂東陽（勢陽考古録）・安岡親毅（五鈴遺響）の説。『日本文学大辞典』による。
（10）注（8）参照。
（11）棄老伝説には二つの類型がある。ひとつは枕草子が蟻通明神の縁起として記載した話を典型とする、いわば蟻通型と言うべきものであり、そのほうでは隣国からもちかけられた難題を、隠しておいた老人の知恵によって解くことが骨子となっている。もうひとつが姨捨型と言うべきもので、老人を山中に捨てようとした子が老人の愛情に感じて捨てることをやめるというのが要点である。大和物語の話では、男が、幼少のころから自分を養ってくれたおばを、妻のことばに従って捨てるが、その山に照る月を眺めているうちに耐えきれなくなって迎えに行く、という筋になっている。「わが心　なぐさめかねつ。……」の歌はその男の述懐とされる。
（12）同氏著『古今和歌集評釈』に、万葉集の防人歌に名の見える小長谷部という氏族がこの地方にいて、この地の代表的な山をもをはつせやまと称したであろう、という説が述べられている。
（13）巻二〇・一〇九九伊勢うた「をふの浦に片枝さしおほひなる梨の　なりも、ならずも、寝てかたらはむ」
（14）伊勢の海の　清き渚のしほかひに、なのりそや摘まむ。貝や拾はむや。玉や拾はむや

(15) 伊勢の海人の朝な夕なに潜くとふ　鰒の貝の片思ひにして（万葉集、巻一一・二七九八）
伊勢の海に釣する海人の　うけなれや、心ひとつを定めかねつる（古今集、巻一一・五〇九）
伊勢の海の海人の釣り縄　うち延へて、苦しとのみや恋ひわたるらむ（同、巻一一・五一〇）
伊勢の海人の朝な夕なに潜くとふ　みるめに人を飽くよしもがな（同、巻一四・六八三）

(16) 須磨の巻。

(17) 伊勢の海に　延へても余る栲縄の　長き心は、我ぞ優れる（後撰集、巻一〇・五六〇、心短きやうに聞ゆる人なりと言ひければ　読人知らず）
鈴鹿山　伊勢をの海人の捨て衣。しほなれたり、と人や見るらむ（同、巻一一・七一九、女のもとに衣を脱ぎ置きて、取りに遣はすとて　伊尹朝臣）
伊勢の海の千尋の浜に拾ふとも、いまは　なにてふかひかあるべき（同、巻一三・九二八、西四条の前斎宮、まだ親王にものし給ひし時、志ありて思ふこと侍りける間に、斎宮に定まり給ひにければ、その明くる朝に、榊の枝に挿してさし置かせ侍りける　敦忠朝臣）

(18) 注（17）の「鈴鹿山……」の歌。「空蟬」の巻に「伊勢をの海人のしほなれてやなど思ふも」とあるのがこの歌を引いたものと見られる。

(19) 現代ではシノジマと発音しているが、「勢州阿漕浦事蹟並地名考証」ではササジマとよみを付けている。

(20) 三節の祭りとは神嘗祭と二季の月次祭を言う。

(21) 神功皇后が渟田《ぬた》の門《と》において船上に食事された際、海鯽魚《たい》がたくさんに集った。皇后がこれに酒を注がれると魚が浮き上がったので、海人がこれを得て喜び、その徳を称した。これは仲哀天皇の二年六月のことで、以来その地の海鯽魚は六月になると浮き上がって酔えるがごとくである。「仲哀紀」にはそんな記事があるが、これはまた季節を異にしている。

(22) 『折口信夫全集』第一巻四八七頁・第三巻二七三頁・第一七巻三三五頁および『神話伝説辞典』の「石子詰」の項による。

(23) たとえば、筆者は落窪物語の女房の名の阿漕は阿漕が浦に由来すると考えている。普通には阿漕は「あこぎみ（吾子君）」を略したもので、いぬき・あてきの類とされているが、歌枕に拠る女房名の系列に入れるべきでないかと思われる。

(24) 特殊な事象としては、「あこぎ」が胴欲などという意味の形容語となった事実が指摘される。西行の話では「阿漕が浦」が度重なることの暗示に用いられているが、それを語原として、二度三度と同じことを求めるのが「あこぎ」であり、そういう要求をもつ胴欲さをも「あこぎ」と言うようになったのである。その使用の根本は隠語あるいは謎ことばとしての興味であろうが、歌枕が一般語彙となった例は珍しい。

(25) 浅田一鳥作。寛保元年（一七四一）豊竹座初演。後に『勢州阿漕浦』と改題。四段目の網打ちと平次内の場が歌舞伎にも取り入れられ、今日も上演されることがある。なお、古浄瑠璃『あこぎの平次』の改作には、ほかに西沢一風作『阿漕』があるが、細部は不明である。

(26) 前編四巻五冊。文化七年（一八一〇）刊。後編六巻六冊。文政九年（一八二六）刊。前編は式亭三馬の作。後編は三馬の遺意にもとづいて二世南仙笑楚満人（為永春水）が補綴した。

【後記】

「説話文学研究」第七号（昭和四七・九）所載

説話文学会の事務局が回ってきた時、研究発表をということになってこの話題を選んだ。歌枕のことは好きでもあったので、あちこちに書いたり話したりしたのだが、おそらくこれが一番纏まったものであろう。歌枕が単に和歌の道の雅語であるにとどまらず、文学・芸能のいろいろな方面に種子となり、芽となり枝葉となって育ったことを指摘してみたかった。

大嘗祭と神楽

内侍所の神楽と清暑堂の神楽

宮廷伝来の御神楽、いわゆる内侍所の神楽については、一条天皇の時代の創始であることが伝えられている。すなわち、寛弘年間に内裏焼亡のことがあり、神鏡も焼け損じたので、内侍たちが恐れ畏んで、神意を慰めるために神楽を催した。これが恒例となったのが内侍所の神楽だというのである。

たとえば、『江家次第』を見ると、十二月の「内侍所御神楽事」の条に、

寛弘《ノ》焼亡《ニ》始《メテ》焼《ケ》給《フ》。雖《モ》レ陰《ルト》円規不レ闕《ケ》。諸道進《リ》二勘文《ヲ》一、被《ル》レ立《テ》二伊勢《ニ》公卿《ノ》使《ヲ》一行成。宸筆《ノ》宣命《ハ》始《マル》二於此《ニ》一。（中略）自《リ》二一条院《ノ》御時一始《メテ》十二月《ニ》有《リ》二御神楽一。

とある。「雖陰円規不闕」の「陰」はくもると訓むのであろう。鏡が焼かれて光を失ったけれども、その円形が欠けることはなかった。が、神意を顧慮して天皇みずからが筆をとって宣命を書かれ、伊勢の神宮に公卿の勅使を差遣して、お詫びを申し上げられた。その勅使には藤原

行成が選ばれた、ということであろう。神鏡が焼け損じたことに対しては、宮廷をあげて、このように恐懼の意を表しており、同じように内侍たちによって神意慰撫のために御神楽が創始せられたということも、ごく自然な成り行きと受け止められる。

しかし、一条天皇の御代から「始めて十二月に御神楽あり」という一句は、十二月に行われる御神楽の創始を言ってはいるものの、御神楽そのものがこの時に始まったとは言っていない。むしろ、別の機会に御神楽があったことを言外に示している表現と感じられる。

内侍所の神楽以前に清暑堂の神楽というものがあって、これが内侍所の神楽の先蹤ではなかったかということは、すでに早くに折口信夫や西角井正慶によって注目され、指摘されている。(1) 清暑堂というのは豊楽院に属する九堂のひとつで、豊楽院後房とも後堂とも呼ばれている。大嘗祭の祭儀はこの豊楽院で行われる部分がある。卯の日の行事は言うまでもなく、朝堂院に設けられた悠紀・主基の斎殿、すなわち大嘗宮で執行せられるのであるが、翌辰の日には大嘗宮を撤して、豊楽院に悠紀・主基の御帳が設けられ、ここで祭儀が行われる。巳の日も同様であるが、この悠紀・主基の御帳での祭儀の後、夜に入って天子が清暑堂に御し、ここで琴歌神宴が行われる。これが清暑堂の神楽と言われるものであり、古くは辰の日、巳の日の二夜、後代には巳の日の一夜、夜を徹してその行事が行われたもののようである。

清暑堂の神楽の国史における初見である『三代実録』貞観元年十一月の条を見ると、

十七日戊辰。（中略）是《ノ》夜天皇留二御《ス》豊楽殿《ノ》後房《ニ》一。文武百官侍宿《シ》、親王已下参議已上侍《ス》二御在所《ニ》一。琴歌神宴、終夜歓楽《ス》。（後略）

十八日己巳。（中略）是《ノ》夜天皇留御《シ》、親王已下百官侍宿《スルコト》亦如《シ》レ昨《ノ》。

とあって、おおよその有様をうかがうことができる。この文中には、天皇以下群臣が「終夜歓楽」したとあるから、饗宴としての享楽的な雰囲気が主体になっていたものであろう。『北山抄』巻五所引の承平（朱雀）の大嘗祭の記録にも「入後房 、群臣酣酔 」という句が見えているから、この神宴の性格が明らかである。

折口信夫は、日本の祭りの構成は⑴神祭、⑵直会、⑶饗宴の三つの段階から成ると説明している。倉林正次氏は大嘗祭の祭儀をその考えに当てはめて、卯の日の神事が⑴の神祭に、辰の日、巳の日の節会が⑵の直会に、そして清暑堂での乱酔が⑶の饗宴に相当すると考えている。(2)

松前健氏はそれを継承して清暑堂の神楽と内侍所の神楽の性格の違いを強調し、

清暑堂神宴と内侍所神楽とは、機能・内容・構成において、かなり本質的な相違があることが判る。（中略）一方は単なる宴会、他方は内侍所の神鏡に対する祭祀儀礼なのである。(3)

と言っている。

しかし、前述の内侍所の神楽の成立説も、伝説的な要素を含んでいて、その発祥について考える場合全くそれに拠っていいか、疑問なしとしない。さらに、清暑堂の神楽も饗宴的な性格ばかりとは思われない。私見によれば、内侍所の神楽と清暑堂の神楽とは非常に近似したものであったと考えられる。松前氏も認められるように、その演目に両者相通ずるものが多かったことは言うまでもないので、神鏡焼損を恐懼して神意を慰めるために内侍所の神楽が創始されたという成立の伝承に従うとしても、それは以前から大嘗祭のおりに人々を楽しませた神宴、すなわち清暑堂の神楽を模して、これならば神の心にもかなうであろうと、その要所要所をとり用いたと見るべきではないかと思う。

神楽歌と古今集の神遊びの歌

話の進行の必要上、内侍所の神楽の次第を摘要すれば、左のようなものである。(4)

庭燎
——人長以下楽人が座に就き、人長の所作がある。
阿知女作法
採物歌
　榊・幣・杖・篠・弓・劔・鉾・杓・葛
韓神(舞を伴う)
——中入り。才の男が召され、散楽が行われる。
前張(大前張・小前張)
千歳
早歌

星・雑歌
明星以下朝倉・昼目・其駒（舞を伴う）等

人長というのが清暑堂の神楽にはない、内侍所の神楽の特色のひとつであるが、まず人長が出て、楽人たちを召し、笛・琴などそれぞれの楽器の音色を試み、やがて寄合（合奏）となる。これが庭燎の曲で、続いて阿知女作法という呪法が行われる。本方と末方がたがいに「あちめ、おおおお」「おけ」という意味不明の詞句をかけあうだけの、おそらく呪術的な作法が伝承の間に形骸化したものであろう。

この後に、前半部の中心をなす採物の歌が次々と奏せられる。榊・幣以下の採物を主題とした歌であるから、その採物を手にして舞う舞いがなくてはならないところであるが、今日知り得る限りでは、歌だけが歌われる。そして、次の韓神の曲には舞いを伴っている。総体に御神楽には舞いの要素が乏しく、舞いを伴うのはこの韓神の曲と其駒だけであるようであるが、なぜ楽曲だけで満足できたのか、疑問に思われることのひとつである。

韓神が終ったところで中入りとなり、酒なども出される。盃が一巡し、才《ざえ》の男《おのこ》が召される。公卿・殿上人の中で一芸に秀でている者が芸を披露するわけで、いわば芸尽しと言うことができよう。次いで、こっけいな散楽などがある。宇治拾遺物語が伝える陪従家綱・行綱のこっけいの争いなども、この場面でのエピソードである。

中入りを境として、御神楽はすっかりくだけた気分のものになる。後半の中心になる前張は大前張・小前張の二つに分れるが、民謡風の歌詞をもつ刺戟の多いもので、採物の歌の神歌らしい厳粛さから一転して、上下ともにおおいにその気分を楽しんだものであろう。ここにも千歳という呪法的な要素はあるが、このほうは千歳・万歳と長寿をことほぐ、めでたい気分だけははっきりしている。踏歌の「よろづよあられ」と同様に、祝福の気分を盛り上げたであろう。ついで、早歌。これもユーモラスな歌詞を早いテンポで歌うくだけた歌であり、やがて夜明けとともに神送りの歌群へと移ってゆく。明星《あかぼし》は明けの明星の輝く空を見て、はや夜明けか、神をお送りしなければならない時刻になったかと驚いて、いや、あれは星ではない、今宵の月がここにあるのだと強いてうち消して、神との別れをなごり惜しく思う心を表している。昼目の歌も同様、ひるめの神の帰りをとどめたいと思う心を表しており、祭りがいよいよ最後の段階に入ったことを思わせる。以下の雑歌は祭りの終結部が何層もの積み重ねを見せているものであろう。

さて、このような構成をもつ内侍所の神楽の数多くの歌は、十一、二世紀頃以後の写本によって伝えられ、それらを収めた刊本によって今日容易にその歌詞を見ることができる。ところが、内侍所の神楽の創始と伝える一条天皇の時代から、年数で言えば百年も以前のものである古今集にそれらと同一の歌詞をもつ歌が幾首か収められている。便宜のため古今集巻二〇大歌所御歌の全部を一九四頁以下に掲出しておくが、「神あそびの歌」という標題のある部分に、それが見られる。これは一体何を意味するのであろうか。

私は内侍所神楽以前に、大嘗祭の夜行われていた琴歌神宴、すなわち清暑堂の神楽というものが内侍所の神楽と近似した内容をもち、歌われる歌なども共通するものが多かった、そして、古今集巻二〇の神遊びの歌は、その台本からの抜粋ではなかったかと考えている。

清暑堂の神楽の構成

清暑堂の神楽についての記録は、藤原公任の『北山抄』(十一世紀初め)が最も古く、『江家次第』(大江匡房。十二世紀初め)や、ずっと下って『代始和抄』などがある。『代始和抄』は十五世紀、室町時代に一条兼良によって撰せられた書物であるが、その説明の中に、神楽ののち御遊あり。

とあるのは、清暑堂の神楽の構成を簡約して的確なことばだと思われる。続けて、

神楽の曲は縒合、阿知女、榊、星三首、朝倉等也。御遊には安名尊、伊勢海などつねの如し。或はつけ物などあり。

とある。清暑堂の神楽の構成は前後に二分して、神歌を歌い奏する神楽の部分と、より自由な、安名尊・伊勢海などの催馬楽の曲を奏する御遊の部分とで成り立っているというわけである。安名尊・伊勢海は言うまでもなく、催馬楽の中でも普遍的な、人に知られた曲である。

この『代始和抄』の知識が古風を伝えていることは、『北山抄』の記事と照合してみると明らかである。『北山抄』は寛平・承平などの古例の採録に努めていることから見ても、古来の典例を重んずる態度の書物であるが、ここにも

先《ヅ》弾《ジテ》二倭琴《ヲ》一唱《ヒ》二神歌《ヲ》一、次《ニ》変《ヘテ》レ調《ベヲ》、奏《ス》二律呂《ノ》歌《ヲ》一。

とある。琴歌神宴はその名のとおり、琴が重要な楽器として用いられるのであるが、その琴は伝統的な和琴であり、これを弾奏して神歌が歌われる。そして、後半の段階では、調子を変えて律呂の歌、すなわち催馬楽を奏するのである。

清暑堂の神楽は、前述のように、大嘗祭の全体から言えば饗宴の部分に当るであろう。しかし、それ自体の内部には、前半のより厳粛な、まじめな気分をもった部分と、後半のより自由な、くだけた気分の部分とを、対立的に含んでいると思われる。この点で、内侍所の神楽と決定的な性格の違いはないのではなかろうか。ただ、注目されるのは、清暑堂の神楽が明らかに二部構成であるのに対して、内侍所の神楽は最後の神送りの部分に再び緊張が戻ってくる。いわば三部構成と言ってもよい構造をもっていることである。

『江家次第』の清暑堂の神楽に関する記述は、神楽歌（寄合および榊・幣・杓・韓神）の次に「さ井波利」があり、次に朝倉・其駒、さらに楽器の構成を変えて「安那多不東」「蓑山」「鳥急」を奏するとある。これも前後二段階と見ることができようが、「さ井波利」はいわゆる「前張」を意味するのであろうか。それならば、前半の部分にほとんど内侍所の神楽に相当する楽曲が登場し、さらに後半、「調べを変じて」催馬楽が奏されることになる。「安那多不東（安名尊）」「蓑山」「鳥急（鶏は鳴きぬ？）」はいずれも催馬楽の曲と考えられる。つまり、『江家次第』によって考える限り、清暑堂の神楽は内侍所の神楽の原型となるべき諸要素を前半におき、さらに御遊の部分を後半に付加している構成と見られる。しかし、平安末期の清暑堂の神楽は、天子一代に一度だけしか行われぬというその機会から見ても、恒例の宮廷行事となった内侍所の神楽の影響を、逆に受けていることが考えられる。『江家次第』の記事全体にその傾向のあることが否定できないようである。

それにしても、清暑堂の神楽の前半部に星や朝倉など、神送りの性格をもつ歌が含まれているのは気にかかる点である。『代始和抄』に言う「星三首」がどの歌を指すか明らかでないが、いずれにせよ、星・朝倉は本来夜明けの時分に歌われる歌のはずである。朝倉は歌詞そのものに夜明けを意味するところはないが、「朝倉」という名称そのものから明け方の歌という理解を生ずるようになったものであろう。これらの歌は内侍所の神楽ではいずれも夜明けのころに歌われると見られ、それが神送りの意義にもかなっているのであるが、同じ歌が清暑堂の神楽では前半部に歌われるとすれば、どういう意味をもつのか、また、そのこと自体が神楽の歴史の中で何を示しているのか、疑問としなければならない。清暑堂の神楽に神送りの要素があるのか、ないのか、これもまた未解決の課題である。

なお、清暑堂の神楽が始まるのはかなり夜が更けてからである。『貞観儀式』によれば、巳の日に清暑堂に御するのは亥の刻である。辰の日もこれに準じて考えると、前半部の終るのがすでに夜明けに近い頃かとも考えられる。辰の日の翌朝（巳の日の朝）悠紀の帳へ御するのも、巳の日の翌朝（午の日の朝）豊楽殿の高御座に遷られるのも辰の刻である。

清暑堂の神楽の台本として

清暑堂の神楽については十分の資料がなく、明らかでない点が多い。しかし、古今集巻二〇の神遊びの歌を清暑堂の神楽に関係深いものと見て、これを資料に加えてみると、納得のゆきやすい幾箇条かがある。

古今集巻二〇大歌所御歌は、三つの部分から成り立っている。中でも大歌所御歌の名を冠すべき第一の部分と、「神遊びの歌」「東歌」の標題をもつ第二・第三の部分とである。これらがそれぞれ宮廷祭祀ないしは宮廷行事に歌われる歌の書き留めであろうということは一見して明らかであるが、第二の「神遊びの歌」の部分はおそらく清暑堂の神楽のおもかげをとどめているものと思われる。

ただし、これは清暑堂の神楽の際に歌われる歌のすべてを書き留めた台本ではなく、その中から貫之等撰者たちの文学的鑑賞眼にかなった歌だけを選び取ったものであろう。採物の歌にしても、ここに採録されている歌はすべてが内侍所の神楽にも見られる歌であるが、その一部分に過ぎない。いかにも神歌らしい感じのある、

　みてぐらはわがにもあらず天に坐す豊をか姫の宮
　のみでぐら(5)

というような歌は、こちらには採られていない。採られている一〇七四〜一〇七九の六首は、いずれも祭祀の神歌ではあるけれども、一般的に見て歌の内容や感情が誰しもの共感を呼ぶ、文学性の優れた歌ばかりである。だから、そこに撰者たちの取捨選択が加わったことはまず間違いがあるまい。

資料　古今和歌集巻二十

大歌所御歌

　おほなほびのうた

一〇六九 あたらしき年の始めにかくしこそちとせをかねてたのしきをつめ

　日本紀には、つかへまつらめ
　万代《よろづよ》までに

　ふるきやまとまひのうた

一〇七〇 しもとゆふかづらき山にふる雪のまなく時なくおもほゆるかな

　近江ぶり

一〇七一 近江よりあさたちくればうねの野にたづぞなくなる明けぬこの夜《よ》は

　みづぐきぶり

一〇七二 水ぐきのをかのやかたに妹とあれと寝てのあさけの霜のふりはも

　しはつ山ぶり

一〇七三 しはつ山うちいでて見ればかさゆひの島こぎかくるたななしを舟

しかし、それでもなお「神遊びの歌」の構成は『北山抄』以下が伝える清暑堂の神楽の構成に適合していると見られるし、採物の歌の数が多いことなども清暑堂・内侍所両方の神楽を通じての性格であろう。さらに、「かへしものの歌」の中には大嘗祭の風俗歌を含んでいることが、これが清暑堂の神楽の台本を資料にしたものであることを確信させるのであるし、清暑堂の神楽以外に、これほどまで内侍所の神楽に近似する「神遊び」の存在は宮廷祭祀の中に考えがたいであろう。

そういう前提の上に立って「神遊びの歌」を見てゆくと、まず採物の歌では、一〇七四は内侍所の神楽の榊の末方の歌、一〇七五も同じく榊の末方の歌、一〇七六は葛の本方の歌（第一句「わぎもこが」、第四句「人も知るべく」）であり、一〇七七は一般には採物に先立つ庭燎の歌

神あそびのうた

とりもののうた

一〇七四 神がきのみむろの山のさかき葉は神
のみまへにしげりあひにけり

一〇七五 霜やたびおけどかれせぬさかき葉の
たちさかゆべき神のきねかも

一〇七六 まきもくのあなしの山の山人と人も
見るがに山かづらせよ

一〇七七 み山にはあられふるらしと山なるま
さきのかづら色づきにけり

一〇七八 みちのくのあだちのま弓わがひかば
末さへ寄りこしのびしのびに

一〇七九 わが門の板井の清水里とほみ人し汲
まねばみくさおひにけり

ひるめのうた

一〇八〇 ささのくまひのくま川にこまとめて
しばし水かへかげをだに見む

かへしもののうた

一〇八一 あをやぎをかたいとによりて鶯のぬ
ふてふ笠は梅の花がさ

として知られるものである。すなわち、人長が諸楽器の音色を試み、寄合の一曲を合奏させるのに用いた曲であるが、これが古今集の段階で採物の歌として記録されているのは、本来が採物の歌だったのであり、その後たまたま庭燎に試用したのが固定したという事情を推測せしめる。(6) 神楽歌の譜にも、古いものにはこの歌を庭燎として載せていないし、庭燎と採物の双方に重複して掲出しながら、「但《シ》庭火《ニ》唱《フ》レ之《ヲ》」と注するものもある。鍋島家本の「神楽歌次第」は、「取物九種」とある「葛」の下に「但《シ》不レ用《ヰ》レ葛《ヲ》」と注を付けている。いずれも、これが本来葛の歌であったものを庭燎に流用するようになったいきさつを示している。

一〇七八は弓の末方の歌（第二句「梓の真弓」、第四句「やうやう寄り来」）、一〇七九は杓の末方の歌（第五句「水さびにけり」）である。

一〇八二 まがねふく吉備の中山おびにせるほそたに川の音のさやけさ

この歌は、承和の御べの吉備国の歌

一〇八三 美作やくめのさら山さらさらにわが名はたてじよろづよまでに

これは、水尾の御べの美作国の歌

一〇八四 みののくに関のふぢ川たえずして君につかへむよろづよまでに

これは、元慶の御べの美濃の歌

一〇八五 君が世は限りもあらじながはまのまさごのかずはよみつくすとも

これは、仁和の御べの伊勢国の歌

大伴くろぬし

一〇八六 近江のやかがみの山をたてたればかねてぞ見ゆる君がちとせは

これは、今上の御べの近江の

次の「ひるめのうた」という題をもつ一首（一〇八〇）が、内侍所の神楽にある昼目の歌とは、名を同じくして歌詞が違っている。内侍所の神楽のほうは、

いかばかりよきわざしてか天照るやひるめの神を
しばし留めむ

という歌である。古今集の「ささのくまひのくま川に……」は万葉集に「さひのくま……こまに水かへわれよそに見む」（巻一二・三〇九七）という異伝のある古歌で、檜隈という地名にかかる枕詞として、もちろん「さひのくま」のほうが本来のものである。万葉集の歌は明らかに、女のもとに通う男に別れを惜しんで呼びかけている恋の歌で、おそらくは檜隈の地方に歌われた民謡だったものであろう。それが宮廷歌謡に吸収

歌

東歌

みちのくうた

一〇八七 あぶくまに霧立ちくもり明けぬとも
君をばやらじ待てばすべなし

一〇八八 みちのくはいづくはあれどしほがま
の浦こぐ舟のつなでかなしも

一〇八九 わが背子を都にやりてしほがまのま
がきの島のまつぞこひしき

一〇九〇 をぐろ崎みつの小島の人ならば都の
つとにいざといはましを

一〇九一 みさぶらひみかさと申せ宮城野の木
の下露は雨にまされり

一〇九二 最上川のぼればくだるいな舟のいな
にはあらずこの月ばかり

一〇九三 君をおきてあだし心をわがもたばす
ゑの松山波をこえなむ

相模うた

一〇九四 こよろぎの磯たちならし磯菜つむめ
ざし濡らすな沖にをれ波

され、ひるめの神（天照大神）の祭祀に歌われるようになった。その細かい経緯は知るべくもないが、内容から見て、神への別れを惜しむ神送りの歌として転用されたものに違いない。しかし、内侍所の神楽では、「いかばかりよきわざしてか……」という、よりいっそう神への惜別の心が明らかで、直接ひるめの神の名を歌っている歌を採用するに至っている。このほうは新作であると考えてもいいかと思われる。

催馬楽成立の過程

古今集の神遊びの歌についての最大の問題は、次の「かへしもののうた」の部分にある。「かへしもののうた」という標題は、以下の一〇八一～一〇八六の六首を総括するものであるが、その名義については、調子を変えて

常陸うた

一〇九五 筑波嶺のこのもかのもに蔭はあれど
君がみかげにますかげはなし

一〇九六 筑波嶺の峰のもみぢ葉おちつもり知
るも知らぬもなべてかなしも

甲斐うた

一〇九七 甲斐が嶺をさやにも見しがけけれな
くよこほりふせるさやの中山

一〇九八 甲斐が嶺をねこし山こし吹く風を人
にもがもやことづてやらむ

伊勢うた

一〇九九 をふの浦に片枝さしおほひなる梨の
なりもならずも寝てかたらはむ

冬の賀茂のまつりのうた

藤原敏行朝臣

一一〇〇 ちはやぶる賀茂のやしろのひめこま
つ万《よろづ》世《よ》ふとも色はかはらじ

歌うから「かへしもの」であるとする顕昭の『袖中抄』以来の説が正鵠を射ているものと考えられる。すなわち、従前の神楽歌の拍子を変えて、催馬楽拍子をもってこれらの歌を奏するので、『江家次第』によれば、楽器も編成が変えられるようである。そして、ここに出てくる歌も、一〇八一は催馬楽の「青柳」、一〇八二は同じく「真金吹」、一〇八三は同じく「美作」である。『北山抄』に「次変調、奏律呂歌」とあるのと、まさに照応するのであるが、これらの催馬楽の歌として知られた歌に、古今集は大嘗祭のおりの歌であるという注を付けている。一〇八二は「承和（仁明）の御べの吉備の国の歌」、一〇八三は「水尾（清和）の御べの美作の国の歌」とあって、以下、催馬楽の曲目に入っていない歌も、一〇八四は陽成、一〇八五は光孝、一〇八六は今上（醍醐）のそれぞれ大嘗祭のおりの歌なのである。これらが悠紀・主基の国の民謡（土地伝来の神歌）であろうということは、それぞれの歌詞から見て明らかであるが、最後の醍醐天皇の大嘗祭に歌われたものだけが大伴黒主という作者名を付している。こういうところにも大嘗祭の風俗歌の歴史の一端が見えているので、本来地方伝来の神歌を奉っていた大嘗祭の風俗歌が、やがて専門歌人によって新作せられるようになる。ただし、古今集に見えるところでは、その作者は大伴黒主という近江の国（この時の悠紀の国）の在地の歌人で、その任命がいかにもふさわしく感じられるが、これが後には、『袋草紙』などに見えるように宮廷歌人の重要な任務になり、悠紀・

主基の土地に縁のない都の歌人たちによって風俗歌が創作されるというように変ってゆくのである。

『袋草紙』の「大嘗会歌次第」は後代のものではあるけれども、大嘗祭の風俗歌がいかなるもので、どのように作られ、どのように用いられるか、その概略を知ることができる。すなわち、広義の風俗歌の中に稲春歌・神楽歌・風俗歌（狭義）・屏風歌の別があり、風俗歌・屏風歌はその数も多く、風俗歌のほうは、卯の日の祭儀に悠紀・主基の歌人が国司に率いられて大嘗宮に参入し、国風四成（成は音楽の一段）を奏する時、あるいは辰の日に同じく国司に率いられ、悠紀・主基の御帳の前に歌いつつ参入し、風俗の歌舞を奏する時に用いるものであり、屏風歌のほうは、辰の日・巳の日の祭儀に用いられる悠紀・主基の御帳の屏風に名所《などころ》の絵と共に書かれるものである。それに対して稲春歌・神楽歌は数も少なく、(7)稲春歌は卯の日の祭儀に天子がお湯を召されて後大嘗宮へ向われる際に、膳屋において造酒童女《さかつこ》以下の神人たちが御飯の稲を舂きながら歌うものであり、そして神楽歌は辰の日・巳の日に清暑堂の神楽において歌うものであった。

古今集の「かへしもののうた」がこの清暑堂の神楽の歌であることは、まず間違いのないところであろう。そして、このように見てくると、催馬楽という歌謡の成立の過程がある部分うかがわれるのである。

催馬楽の起源について、折口信夫は、わが国固有の民謡を唐楽によって編曲したもので、その歌詞のクラシックな感覚と、曲のハイカラさとの組合せが刺戟を与え、歌謡として非常な流行をきたしたものだ、と説明している。その名称については、神楽歌中の「前張」という大前張中の一曲が元歌となって数多くの替え歌を生じて独立し、神事歌謡としての色彩の濃いものだけが残って神楽歌として固定した、替え歌のほうは、「さいばりに衣は染めむ……」という歌詞をとって「さいばり」であったものが、唐風に催馬楽の字を当て、音もそれに引かれて「さいばら」となったと考えている。(8)

この前張から催馬楽が出たという考えはひとつの仮説として、なお検討を要するであろうが、一方に、『梁塵秘抄口伝集』以来の有力な説として、諸国の人民が貢物を納める際の口ずさみに起こったとする考えがある。それは、催馬楽の文字と、律の歌の第一にあげられる「我駒」の歌とを結び付けて、「いでわが駒……」と駒を催す内容がその名となったと考えるのであるが、雅楽の中に「催馬楽」という曲があったことが明らかにされているので、この説も捨てがたく思われる。つまり、外来の雅楽の曲に相応するような内容をもつ固有の民謡を、その節にのせて歌ったとすれば、折口信夫の説とも歩み寄って、催馬楽の成立に道筋が見えてくるのである。

それはしばらく措くとしても、諸国の民謡が宮廷に入って、宮廷伝来の大歌と共に宮廷詩を形成する、その一端として催馬楽という歌謡を見ることができる。その機会のひとつとして大嘗祭があったのであり、その際に地方の神歌が風俗歌として宮廷に奉献せられた。土地土地の国魂《くにたま》のこもるものとして、稲穂や酒飯を奉るのも、神歌や神事舞踊を奉るのも、みな同じ意義に基づくものであった。

大嘗祭における国魂の奉献が悠紀・主基の二国をもって全国の代表とするようになる以前のひとつの形態として、『続日本紀』養老元年九月に次のような記事がある。元正天皇の即位はこの前々年のことであるが、この年四月には大隅・薩摩の隼人が上京して風俗の歌舞を奏するといったことも行われている。

（九月）丁未、天皇行㆓幸《ス》美濃国《ノニ》㆒。戊申、行《キテ》至《リ》㆓近江国《ノニ》㆒、観㆓望《ス》淡海《ヲ》㆒。山陰道《ハ》伯耆《ヨリ》以来、山陽道《ハ》備後《ヨリ》以来、南海道《ハ》讃岐《ヨリ》以来《ノ》諸国司等、詣《シテ》㆓行在所《ニ》㆒奏《ス》㆓土風歌儛《ヲ》㆒。甲寅、至《ル》㆓美濃《ノ》国《ニ》㆒。東海道《ハ》相摸《ヨリ》以来、東山道《ハ》信濃《ヨリ》以来、北陸道《ハ》越中《ヨリ》以来《ノ》諸国司等、詣《シテ》㆓行在所《ニ》㆒奏《ス》㆓風俗之雑伎《ヲ》㆒。

全国を二分して二度に分けていることは大嘗祭と通じているが、この場合は選ばれた一国だけでなく、ある程度中央に近い諸国の人民が国司に率いられ、みな参り集って風俗の歌舞を奉っている。「土風歌儛」「風俗之雑伎」は文飾で言い分けたに過ぎない。いずれも、地方伝来の神歌・神事舞踊を意味しているものであろう。

この記事を必ずしも大嘗祭の一変形と見なくてもよい。いずれ、機会あるごとにこうして風俗の歌舞を奉らしめることが、地方の服属を確認する大切な手段であった。古く、天武四年二月に大倭・河内・摂津・山背・播磨・淡路・丹波・但馬・近江・若狭・伊勢・美濃・尾張等の国に勅して、百姓の能歌の男女（および侏儒・伎人）を奉らしめているのも、やはり風俗の歌舞を宮廷に納れることに目的があるのである。

藤田徳太郎は右の天武紀に見られる国名が催馬楽の歌詞に含まれる国名とほとんど全部が一致すると指摘しているが、[9] こういうことが一回きりの現象ではなく、記録に現れない古代の宮廷行事として度々繰り返されたことであったであろう。そういう中で、大嘗祭という機会が催馬楽発生のひとつの基盤となったものと考えられる。古今集が催馬楽のうちのある種のものを大嘗祭の風俗歌であると注記しており、それが清暑堂の神楽において歌われたものであろうと推測されるのは、右のような催馬楽成立の過程を語るものである。

歌謡としての独立

清暑堂の神楽における風俗歌の詠唱は乱酔の気分の中にあって、十分にその魅力を発揮したであろう。それが宮廷における大小の節会や、さらには貴族社会の公私の饗宴の場にも流用されて、催馬楽という歌謡の独立となったと考えられる。

もっとも、催馬楽は大嘗祭の風俗歌だけをもって成立したものとは言い難い。その他の機会に宮廷に集ってきた民謡をも、その構成要素として含んでいるに違いない。風俗歌は地方の国魂のこもる歌として、その歌詞の中に地名（＝神名）が入っていることがほとんど絶対の要件である。古今集の「かへしもののうた」においても、大嘗祭の風俗歌である旨の注記のある一〇八二以下の歌はすべて地名を含んでいる。しかし、催馬楽の中には地名を含まない歌も少なくはなく、「かへしもののうた」の最初におかれている一〇八一の歌（催馬楽の「青柳」）は地名を含んでいない。こういう別種の歌をも取り込んで、催馬楽は成立したのであろう。

神楽歌は貞観（清和）の頃にある程度の整理が加えられていたものらしい。『中右記』の天仁元年十一月二十三日の記事には、

旧神楽譜《ノ》云《ニク》。昔、貞観《ノ》御時、神宴之日、披《ルルハ》レ撰二定《セ》神楽歌《ノヲ》一者、若《シ》是《レ》此《ノ》御神楽《ノ》事歟《カ》。

とある。「神宴の日」とあるのは琴歌神宴、すなわち清暑堂の神楽を意味するであろうから、催馬楽をも含めて神楽歌の歌詞や歌曲の整理が行われたのであろう。同じ頃、貞観元年に薨じた広井女王については、『日本三代実録』の同年十月二十三日の条に、この女王が「歌を能くするをもって」称せられ、

特《ニ》善《クシ》二催馬楽歌《ノヲ》一、諸大夫及《ビ》少年《ノ》好事《ノ》者、多《ク》就《キテ》而習《フ》レ之《ヲ》焉。

とある。すでに、催馬楽歌というジャンルが意識されており、年代的に見ると、貞観の大嘗祭の風俗歌である「美作」などは、催馬楽としては最も新しいものであったかも知れない。元慶以後の大嘗祭の風俗歌はもはや催馬楽として採られることがなかったようである。

このように見てくると、催馬楽という歌謡は、楽曲としての整理は平安朝初期であるにしても、歌詞には古い民謡であるものが多かったはずである。「いでわが駒……」（我駒）の歌なども、万葉集巻一二・三一五四に「待つらむ妹を」として見えているものである。そういう長い歴史

の間に宮廷に収集せられた地方の歌が、歌われる機会に従ってジャンルを分化していった。神楽歌の「大前張」「小前張」も、歌詞を見る限りでは、やはり同種の地方民謡である。これが別種の歌となったのは、神楽という祭祀から離れることがなかったためで、歌謡として独立し、自由に社会に流行していった催馬楽とはその点で道を異にしたものである。

古今集巻二〇は前述のように三部に分れる。第一部の大歌所の歌は新年の賀宴とか鎮魂祭などの、宮廷における諸種の祭祀を場とする歌群であろうと思われる。第二部の神遊びの歌が清暑堂の神楽の台本からの抜粋であるとすると、第三部の東歌も、やはり宮廷祭祀に関係のあることが考えられる。

東歌についてもまた、折口信夫がその根本の性格を解明している。東国の風俗歌が奉献せられるようになったのは、すでに大嘗祭の儀式が固定した後であり、そのために東国の風俗歌は大嘗祭を機会としていない。それに代るのが荷前の貢献のおりであり、「東人の荷前の箱の荷の緒にも妹が心にのりにけるかも」(万葉集巻二・一〇〇)の歌に見られるような異風が人目を引いたばかりでなく、奉献する風俗の歌舞も特色のあるものであったに違いない。その神事舞踊がすなわち東遊びであり、東歌はそれに伴う歌であった、というのが折口信夫の説の根幹である。古今集の東歌が最後に「ちはやぶる賀茂の社の姫小松……」(一一〇〇)という賀茂の臨時の祭りの歌を収めているのは、東遊びがこの祭りに際して宮廷から奉献せられる、その折の新作であり、それをここに載せたことも、「みちのくうた」以下の曲名を記す歌群がやはり東遊びに関係のあることを示しているものであろう。

ところが、ここにも興味ある事実が見られるのは、これらの東歌の歌群の中に、風俗の歌が含まれていることである。風俗は催馬楽と並んで平安朝の貴族社会に愛唱せられた歌謡で、曲節も催馬楽と近似したものであったらしい。その歌が一〇八七＝陸奥、一〇八九・一〇九一＝陸奥風俗（承徳本古謡集）、一〇九二＝出羽風俗（同上）、一〇九三＝君を措きて、一〇九四＝こよるぎ、一〇九五＝常陸、一〇九七＝甲斐というように、かなりの数がここに見られるのである。このことは、風俗という歌謡が東歌を母胎としていること、東遊びという祭祀芸能から遊離して歌謡として独立したものであることを示している。

古代歌謡のジャンルのうちの幾つかについて、こうして発生の径路をうかがうことができるのである。

終りに

大嘗祭と神楽との関係は、こういう古代歌謡の展望の中にその一端が現れてくる。御神楽、すなわち内侍所の神楽は、その拠り所とした清暑堂の神楽の構成と内容とを色濃く継承したことが考えられるし、神事歌謡の中で神楽歌と催馬楽が大嘗祭を機会として成長発展したことはまず間違いないであろう。拙論は細部に多くの疑点と未解決の問題を残しているが、大筋としてそのような視座をもつことができようかと考えている。重種本に「大宜」という名の曲を記載していることなども、歌詞の内容になんの暗示もないけれども、おほむべという名称そのものが大嘗祭から御神楽へという流れの痕跡を示すのではないであろうか。

また、「新年」「竹河」など踏歌章曲の系統と思われるものが催馬楽の曲中に存することも、心にかかりながら、本稿では追求する余裕を得なかった。

にいなめ研究との関連で言えば、本稿は神楽の側から大嘗祭を見たもので、神楽が大嘗祭を母胎とすることを論点とした。大嘗祭の側から神楽を見たならば、神楽は大嘗祭の構成要素としてどのような位置を占めるのであろうか。改めて考えなければならない大きな課題であると思う。

【注】

（1）西角井正慶『神楽歌研究』（畝傍書房、昭一六）「序にかへて」

（2）倉林正次『饗宴の研究』儀礼編（桜楓社、昭四〇）

（3）松前健「内侍所神楽の成立」（平安博物館研究紀要4、昭四六）

（4）主として（1）の西角井正慶『神楽歌研究』に拠った。

（5）便宜上短歌形式に整理した形で掲出した。以下これにならう。

（6）この歌が庭燎の歌としては後入のものだろうという見解は古くからあり、西角井正慶『神楽歌研究』も日本古典文学大系『古代歌謡集』所収小西甚一校注「神楽歌」も同じ考えを示している。

（7）『袋草紙』には「稲春歌神楽両首、風俗歌拾八首、屏風歌拾八首」とある。

（8）「国文学」（新版全集第一六巻）第二部第二章第二節「前張歌謡群」の解説にその見解が要約せられている。

（9）新潮社『日本文学大辞典』「催馬楽」の項。

【後記】

にひなめ研究会編『新嘗の研究 3 稲作と信仰』（昭和六三・七　学生社）所収

にひなめ研究会は三笠宮崇仁親王が柳田国男に慫慂して設立された特異な歴史を持つ研究会であったが、一時期慶應義塾大学に事務局が置かれ、東洋史の伊藤清司教授が運営に当っていられた。そういう縁故で私も御前での講演を行う成り行きになったが、私の選んだ題目は大嘗祭の側から神楽を見るという内容になった。その考察を進めている間に古今集巻二十の大歌所御歌の主要部分が御神楽の台本だったのではないかという考えが深まっていった。もちろんテキストそのものでなく、和歌の勅撰集という選出の基準にかなったものを抄出しているのではあろうが、歌そのものから見ても配列の順序から見ても、これだけ共通することは他に考えようがないと確信するに至った。今日に至るまでその考えは変っていない。

七五調の根源

一

日本人を「短歌民族」と称したのは北原白秋であった。白秋はネーミングのうまい人で、折口信夫を「黒衣の旅人」と名付けたのなどもよくその特徴を捉えているが、日本人が「短歌民族」だという把握もなるほどその通りであって、日本人は単に文学としての短歌を愛好するばかりでない。「世の中にあると思ふな親と金ないと思ふな運と天罰」「急がずば濡れざらましを旅人の後より晴るる野路の村雨」といった人生の哲理も短歌の形式に要約して記憶しているし、「せりなずな御形はこべら仏の座すずなすずしろ春の七草」「キロキロとヘクト出かけたメートルがデシに追われてセンチミリミリ」といった生活の実用のための知識も同様に短歌の形式にはめこんで記憶を助けている。こういう知識的な内容は本来ことわざの系列に属するはずのものであるが、それを五七五七七の詩形に盛りこむと記憶が容易であり、必要な時に機に応じてすらすらと口をついて出てくる。そういう便利な効用がある。五七五七七の詩形はそれほど根深くわれわれの内面と結び付いているわけである。

だから、日本人の生活には、自然に口にすることばが意識せずして短歌の形になっているということがある。紀貫之が土佐日記の中に書きとめているのは、楫とりが舟子たちに言ったことばがおのずから短歌の形式になっていたというもので、「御船より仰せたぶなり朝北風《きた》の出で来ぬさきに綱手はや曳け」がそのことばである。これは楫とりがわざと歌のようなことを言ったのではない、聞く人が不思議に思って書き出してみたら三十一文字だったのだと、貫之はしきりにその奇妙に感心しているが、五七五七七のリズムに慣らされている日本人の生活には、起こり得る偶然だったのである。

少し拡げて言えば、俳句も和歌の一体であると言うことが許されよう。正岡子規の句集には「母のことばおのづから句になりて」という端書きをもつ「毎年よ彼岸の入りに寒いのは」という句がある。この場合も、意識していない子規の母のことばが内在律に導かれて五七五の俳句の詩形をとったものである。戦前、皇居のお堀端に「この土手に登るべからず　警視庁」と書かれた立て札があって、その文句を続けて読むと俳句の形になるというのでおもしろがられた、と池田彌三郎先生から聞いたことがある。

五七五七七とか五七五の音律が長年日本人の生活の中に滲透し、日本人を捉えて放さない内在的なリズムとなっていることは、このような諸例によっても推察に難くない。あるいは、これと並べて七五調が日本人の内在的なリズムとなっていることをも指摘しておくべきであろう。「祇園精舎の鐘の声、諸行無常の響きあり。……」で始まる平家物語の冒頭、「落花の雪に踏み迷ふ交野の春の桜狩り。……」で始まる太平記の東下りの詞章など、七五調の文章の典型として挙げるまでもないであろうが、「知らざァ言つて聞かせやせう。浜の真砂と五右衛門が……」云々などの歌舞伎の名せりふ、つらねと称せられるものなどをも含めて、いわゆる名文・名調子と称せられるものは、みな七五七五……のリズムに乗っている。近代の散文、一般の小説の文章などでも、

未《ま》だ宵ながら松立てる門《かど》は一様に鎖籠《さしこ》めて、真直《ますぐ》に長く東より西に横はれる大道は掃きけるやうに物の影を留めず、いと寂しくも往来《ゆきき》の絶えたるに、……（尾崎紅葉『金色夜叉』）

山路を登りながら、かう考へた。智に働けば角が立つ。情に棹させば流される。意地を通せば窮屈だ。兎角に人の世は住みにくい。……（夏目漱石『草枕』）

というように、ちょっと調子に乗ってくると七五七五……のリズムが顕在化する。

本稿では「七五調の根源」と題して、この事象を「七五調」ということばに代表させてみた

が、日本人のもつ内在的な音律の問題は、長章の叙事的な傾向の詞章においては七五調が、短章の抒情的な傾向の詞章においては短歌形式が支配力をもつというふうに、問題を整理して考えることができる。

右のような理解において、われわれはまさに短歌民族であるとの感を深くするのであるが、一般にはこの音律を日本人の生得のもの、ほとんど生理的なものであるかのように思っている傾きがある。果してそうなのであろうか。もしそうであるならば、他の民族に見られなくて日本人にだけ見られるこの事実は、日本人に固有のことなのか、それとも日本語に固有のことなのであろうか。そういう疑問も生じてくる。

筆者はこの問題についてひとつの仮定をいだいている。それを先に言うならば、七五調あるいは短歌形式の音律は日本人あるいは日本語に固有なのではなく、これもやはりある時代以降生じた歴史的な現象と考えるべきだろうということである。ある時代にひとつの音律の流行、すなわち、そういう音律をもった歌謡の流行が有力に国中を席捲してその音律を国民の間に定着させ、生活の内部にまで滲透させるに至った、その結果であると考えるのである。それを証明するためにはまだ十分の準備ができていないけれども、おおよその筋道を述べてみたいと思う。

二

まず、日本語で句を作る場合、すなわち、ひと息に言ったり、ひとつの句として歌ったりする場合に、ひとつの句をなす音数が自然には何音になるだろうかということから考えてみよう。

日本語の古い、基本的な語彙には一音あるいは二音のものが多いようである。日・木・野・目・手・歯・毛・衣《そ》・酒《き》というような一音の語、月・星・空・山・川・鼻・足・上・下・鳥・獣《しし》・草・花等の二音の語である。そして、用言の場合には二音・三音の語が多い。語幹部分の一音・二音に活用する語尾の部分の一音を伴うという形である。

使用される言語の実際としては、これらの語が複合した複合語が大きな比率を占めるから、語としては一音プラス一音、ないし二音プラス三音くらい、すなわち、二音から五音くらいの語が多いということになる。試みに『時代別国語大辞典　上代篇』の「し」の部をとりあげてみた。「し」を選んだのは語数が多いことと、ラ行音のような特殊な条件がないことと、二つの理由によったのであるが、総語数三四九語が次のように配分される。

一音　6語　二音　56語　三音　104語　四音　112語　五音　52語　六音　14語
七音以上　5語

というわけで、圧倒的に三音・四音の語が多い。日本語としてある意味のまとまりを表現するのが大体この程度の音数だということになるであろう。

古代の人名・地名なども大体三音・四音のものが多い。国名などに、古いものは一音・二音のものが多いことは、基本的な語彙と同様であるが、たとえば延喜式の国名となると、本来の「け」の国が「かみ・つ・け」「しも・つ・け」に分割されて四音となり、「とほ・つ・あふみ」のように六音のものもある。そこで、摂津は「つ」に、越前・越中・越後は「こし」ひとつに、備前・備中・備後は「きび」ひとつに、丹波・丹後は「たには」、筑前・筑後は「つくし」、肥前・肥後は「ひ」、豊前・豊後は「とよ」に、そして出羽のよみは「いでは」にというように、多少古風に戻すように操作を加えて数えてみると、五九個の国名が

一音　3　二音　20　三音　28　四音　7　五音　0　六音　1

というように分れる。この傾向は旧郡名で数えても、全体の傾向としてさほどの差異がない。二音・三音のものが多く、四音がそれに次ぐわけである。これも時代が下るとともに足上・足下、海東・海西、安北・安南などの新郡名が出現するので処理がわずらわしくなるが、こういう略語式の名称の増加を除いても、一・二音から二・三音、三・四音と少しずつ音数が増加してきていることが考えられる。辞書に記載せられる一般の上代語よりも、古風を保持する傾向の強かった国名・郡名のほうがやや古い時代の姿をとどめていると見るべきであろう。

太田亮氏編の『姓氏家系大辞典』に収められている日本人の姓氏なども、時代の古いものだけを取り出すならば右のような傾向を見ることができるかも知れない。しかし、ここでは日本語の一語としてのまとまりが何音くらいになるかを知ることに目的があるのであるから、ややおおざっぱに大きな傾向を見るにとどめようと思う。

『姓氏家系大辞典』の「あ」の部だけを調べてみたが、アキタノエゾを除く一七〇五項目が左のような配分になっている。

一音　1　二音　142　三音　670　四音　678　五音　125　六音　40
七音以上　49

これも三音・四音が圧倒的に多く、二音・五音との間に相当大きな開きを見せている。そのことは、われわれの周辺の現代の日本人の姓氏を見ても同様で、池田・西村というような三音・四音の姓が多く、金田一というように五音にわたるもの、あるいは芳賀というように二音のものは、ずっと数が少なくなるのである。

三

日本語の一語を構成する音数が三音・四音に集中するということは、一語がそのまま一句となり、あるいは一音・二音の助辞を伴って一句となった場合の音数が四音・五音あたりに集中するであろうという予測をいだかせる。ただし、それは一句の音数が五音に近いところにあるということで、五音だけが絶対的に多いということではない。四音も同じくらいに多いであろうし、六音あるいは三音もある程度の比率を占めることが予想される。

ところが、古代の詞章に用いられる枕詞というものは、まさに詞章の一句をなす、ひとつの意味のまとまりをもったことばであるが、枕詞の音数は圧倒的に五音のものが多い。枕詞は、

うま・ざけ　くさ・まくら　か・ぐはし　もも・つたふ　わか・くさ・の
おき・つ・しま

というように、二語が複合したか、それに助辞が付いたものが多いことは、おおよそ予想せられるとおりである。

なく・こ・なす　すが・の・ね・の

のように三語の複合、あるいは二つの助辞を伴うという例もなくはないが、まれである。そういう構成をもって、枕詞は三音にも、四音・五音にも、あるいは六音にもなり得るはずなのであるが、事実としては五音のものが多い。

福井久蔵氏の『枕詞の研究と釈義』に記紀時代の枕詞として記載されている枕詞九六種についで見ても、

四音　14　五音　81　六音　1

というように、五音のものが非常な高率を占めている。

もう少し資料を多くするために『講談社百科事典』の「枕詞」の項に実例として掲出されている古典的な枕詞一七二種（うまざけを・うまざけの、しなてる・しなてるや等の異体、さなかづら・さねかづら等の音の変化はいずれかをとって一種と数える）を便宜的に用いることにする。この枕詞の選出は事典編纂の当時筆者自身のおこなったものであり、時代としては記紀・万葉から古今集に至る時期の古典的な、いわば枕詞の代表的なものを集めており、⑴使用例の多いこと、⑵重要な用例のあること、⑶歴史的な重要性のあること、の三つの基準に従っている。この一七二種は、

三音　1　　四音　10　　五音　161

に分けられ、五音のものの占める割合は一層高率になっている。

これらの枕詞を細かく見てゆくと、三音・四音のものに異体の多いことに気付かされる。

やほに→やほによし

おしてる→おしてるや　　しなてる→しなてるや　　つぎねふ→つぎねふや
そらみつ→そらにみつ

というように、三音・四音から延長せられて五音に整えられる傾向があるわけである。それは、早くに五音に固定した枕詞以外に、記録に移った時代になお動揺していて、五音への移行の段階にある枕詞があったことを推定せしめる。つまり、枕詞には五音に整えられる傾向があったのである。

　五音の枕詞の中に語尾にのの付くものが多いことも、この傾向と無縁ではあるまい。四音のままで残った枕詞には必ずしもの付くものが多くない。むしろ、まれなくらいであるのに比して、五音の枕詞では、右の一六一種中七七種と半数近くを占めている。

　異体のある枕詞、すなわち三音・四音から五音への変化の途中にある枕詞でのが付いて五音になるというものは、

うまざけ→うまざけの（うまざけを）

くらいしか見いだすことができないが、[1] これはのが付くことによって五音に移行するという変化が比較的早い時代に進行して、詞章が記録せられるようになった時期には、すでに固定の段階に入っていたことを示すものであろう。これに比して、やが付いて五音になるものは右に示した中にも明らかに現れており、記録時代に入ってもその変化がなお進行していたことを推定せしめる。やは平安朝の歌謡にも囃し詞として有力に用いられており、枕詞の五音化も、歌謡として歌われる間に、その音律を整える必要から生じたことなのであろう。あるいは、のについても、やよりひと時代古く、同様な事情をもって枕詞の五音化を促進したことが考えられるかも知れない。

　やほによし　　あをによし　　おふをよし、　　はしきやし

のよし・やしも、やと同じく囃し詞としての性格をもつものであろう。そのほか、

　そらみつ→そらにみつ

のように、中間に助辞が入って五音化するものもあり、

さのつとり（さ野つ鳥）　ふゆきのす　またまなす

のように接頭語・接尾語を伴って五音化したと思われるものもある。

以上は枕詞について、自然に五音のものが多くなったと言うよりは、多少の操作を加えて一句を五音に整えようとする傾向のあったことを見てきたわけであるが、これは枕詞という句の形をとりやすいことば、ひとつのまとまりをもつ性質のある語句について考察したのであって、これを拡げて言うならば、古代の詞章に多い五音の句は、五音の句ができやすいのではなく、句を五音に整えようとする意志が働いていたと考えるのが妥当だということになるであろう。

四

では七音の句ではどうであろうか。

前述の三音・四音のことばが多いということは、それを二つ組み合せ、あるいはさらに助辞

を添えた句が七音前後になりやすいということを予測させる。しかし、これも七音前後になりやすいのであって、七音の句そのものが絶対的に多くなるというわけではない。しかも、この場合には、五音の句に比べて音数の伸縮の調整がより自由におこなわれるという特性がある。

大体、七音の句は叙述性が強いのが特徴である。記紀や万葉の長歌を見ても、五音の句で命題を提示して七音の句で叙述する、そういう傾向を見せている。ことばを換えて言えば、五音の句の体言性に対して七音の句は用言性が強いと言ってもいいであろう。

八千矛の　神の命は　……　賢《さか》し女《め》を　有りと聞かして　麗《くは》し女《め》を　有りと聞かして　さ婚《よば》ひに　あり立たし　婚ひに　あり通はせ　太刀が緒も　いまだ解かずて　襲《おすひ》をも　いまだ解かねば　嬢子《をとめ》の　寝《な》すや板戸を　押そぶらひ　我が立たせれば　引こづらひ　我が立たせれば　……　（神代記・神語）

やすみしし　わご大君　神ながら　神さびせすと　吉野川　激《たぎ》つ河内《かふち》に　高殿を　高知りまして　登り立ち　国見をせせば　畳《たた》づく　青垣山　山神《やまつみ》の　奉《まつ》る御調《みつき》と　春べは　花かざし持ち　秋立てば　黄葉《もみぢ》かざせり　逝《ゆ》き副《そ》ふ　川の神も　大御食《おほみけ》に　仕へ奉《まつ》ると　上

つ瀬に　鵜川を立ち　下つ瀬に　小網《さで》さし渡す　山川も　依りて仕ふる　神の御代かも

（万葉集巻一・三八）(2)

右のような引用によっても、そのおおよその傾向は看取せられるであろう。七音の句は二語と助辞あるいは接頭語・接尾語というような付属的要素から成り立っているものが多い。そして、それらの付属的要素の増減によって句の形を変え、音数を伸縮することができる。「山尋ね」という二語から成る句は、

山を尋ね　　山を尋ねて

み山尋ね　　み山を尋ね　　み山を尋ねて

というふうに変化し得るし、あるいは、

山尋ねして　　山尋ねせす

などの形もとり得る。音数はなんとでも調節することができるのである。武烈紀に見える影媛の哀歌には、こういう事実が実例として現れている。

石の上　布留を過ぎて　薦枕　高橋過ぎ　物多《さは》に　大宅《おほやけ》過ぎ　春日《はるひ》の　春日《かすが》を過ぎ　嬬籠《つまごも》る　小佐保を過ぎ　……

と、道行き式に通過する地名を列挙してゆく、その「何々過ぎ」という句がこの場合には六音に整えられているのであるが、二音の地名なら「……を過ぎて」と二つの助辞が入り、三音の地名なら「……を過ぎ」とひとつだけ、四音の地名なら「……過ぎ」と助辞を伴わない。こういう調整がなされて音数を揃えている。この例など明らかに自然に音数が揃ったのではなく、意識しているか否かは別として、音数を揃えようとする意図がはたらいていることを示している。

五

日本語の自然な性質が五音・七音を形作っているのではない。一句の音数が五音・七音になりやすかったことはあるかも知れないが、それは絶対のものではなく、四音でも六音でもよかったのかも知れない。そういうことになると、それでは日本の詞章の音律を五音・七音に導いてきたのはなんの力であったろうか、ということになる。ことに五音・七音が恣意的に配列されるのではなく、五七五七七なり七五・七五・……の連続という特別な音律へと引き付けたものはなんであろうか。

その答えは、歌謡としての和歌を考えてみる以外にないであろう。歌謡としての和歌の一体が非常な力をもって流行して、日本人の音律を潜在的にそのほうへと導いていった。そう考えるほかはないと思う。

古代の和歌について、音楽的な方面はほとんど資料が残されていない。片歌や旋頭歌、長歌、短歌、仏足石歌体、あるいは記紀歌謡のそれぞれがどんなメロディやリズムをもっていたか、その全貌を知ることは、まず不可能と言うべきであろう。われわれは残された歌詞によってその音楽的要素の一端を推測するほかはないが、記紀歌謡においては右のような形式以外に、それにはまらない多くの自由な詩形があり、曲名もいろいろと付けられている。夷振・天田振・志都歌・天語歌など、うた・ふりの名をもって称せられる歌曲のあったことがうかがわれるが、これらの曲名は古事記に見えるもの一四、日本紀に見えるもの三があり、その他同種の曲名と思われるものは琴歌譜に一九、古今集に四、肥前風土記に一を見いだすことができる。これは記録に残されたものだけであるが、重複するものを除外して少なくとも三十種くらいの曲目があったことが判明している。

　そういう中にあって、記紀歌謡の時代においても五七五七七の短歌形式が群を抜いて有力になってきた様子が明らかに見えているし、万葉集の時代になると圧倒的に五七五七七の詩形が大勢を占めてしまう。つまり、万葉集の中心になる飛鳥・藤原の宮の時代ごろに短歌形式が非常に有力になって、他の諸形式を片隅に押しやってしまった。そういうことが考えられるわけで、このことは折口信夫先生の指摘していられるところである。(3)

　付け加えて言っておかなければならないのは、五七五七七の短歌形式はおそらく五七・五七・……の長歌形式と相伴っていたことである。短歌形式の独立の要因は長歌の反歌として歌いおさめられたところにあったであろう。(4)歌いものの調子を変えて歌いおさめるのは古代における日本の歌謡の約束であるが、長歌の歌いおさめとしての短歌が流行に乗って独立し、単独にも歌われてますます流行の勢いに乗ったものであろう。前節に引用した万葉集巻一・三八の長歌は、その結びの句「……山川も　依りて仕ふる　神の御代かも」を繰り返す形で

山川も依りて仕ふる神ながらたぎつ河内に船出せすかも（巻一・三九）

と、反歌に接続している。これなど、長歌・短歌が歌われた形を髣髴とさせるもので、こうして柿本人麻呂の時代にはともに歌謡として盛行したものが、後には短歌ひとつのほうに勢力が移ってしまった。そういう経過が考えられる。

万葉集の後百年を経過した古今集では、長歌はほとんど生命力を失って、旋頭歌とともに歌体の見本のような形でその形骸をとどめるに過ぎない。しかし、長歌の場合は、その後にもなお文学と縁の薄い実用の方面で形式を持続していた形跡がある。ひとつは古今集の長歌にも見られる公用の詞章の奏上、いわば寿詞と同じ目的の用途であるが、宮廷もしくは長上に対する正式の奏上には長歌の形式でものを申す習慣があったと見られる。もうひとつは拾遺集の長歌や蜻蛉日記に例のある懸想文の一種のもので、これも公式の場合、すなわち男女の間に何度か

消息の贈答が交された後、男の側からいよいよ改って申し入れをする際に長歌が用いられたと思われる。こういう用途の存在したことが、七五・七五・……のリズムを根深く民衆の間に滲透させ、散文の上にも潜在的なリズムとなって隠顕し、日本の文章の音律の基礎を形作ってゆく。このことについても、折口信夫先生に「懸想文のある観察」という示唆に富んだ論考がある。(5)

話をもとに戻して言えば、記紀歌謡に見られる雑多な歌謡のさまざまな詩形の中から長歌とその歌いおさめである短歌とが有力になり、そのリズムになじみ馴れたことが、これらをほとんど日本人固有とまで思われる内在律に養い育てる根本の原因になったと考えられるのである。

六

こういう現象は歌謡の歴史の上でもう一度目立った形で繰り返されている。それは江戸時代の後期に短章の歌謡がほとんど七七七五の甚句形式に統一される、そういう現象が起こるのである。どどいつとか草津節・ソーラン節といった、芸謡・民謡の中でも代表的なものが今日においてもその詩形を有しているが、そのもととなったのは潮来節やよしこの節の流行である。

潮来節は水郷潮来の遊廓で生れたもので、もともと潮来は鹿島参宮の足だまりであり、奥州の産米を江戸へ運送する水運の要衝でもあるところから、諸国の人々が往来した。その遊廓に発生した歌が往来の人の口にのぼって諸国へ流れ出た。おそらくその爆発的な流行は、潮来節が江戸の町に入って流行の勢いを新たにしたものであろう。それがすなわちよしこので、よしこの節については『日本民謡辞典』にも「明和から寛政にかけて常陸の潮来地方からはやり出した潮来節の変化したもの(6)」という説明がある。これが東海道各地から関西・中国・四国あたりまで大流行し、以来この歌詞の七七七五の詩形が各地の歌謡の基準になるほど、在来の諸形式をその勢力に捲きこんでしまった。

閑吟集などを見ると、当時巷間で歌われた歌謡の詩形は実に雑多であり、記紀歌謡の不統一を連想させるものがあるが、そういう傾向は元禄に刊行された『松の葉』あたりまでさほど変化していない。ところが、明和九年刊の『山家鳥虫歌』では圧倒的に七七七五の詩形が多くなり、全体の七二パーセントを占めると数えられている。(7)『山家鳥虫歌』に収められている歌にも新旧さまざまがあることは考えられるが、おおまかな傾向としても顕著な趨勢の現れていることは否定できない。そして、この本の成立した明和年代は、まさによしこの節流行の盛期に当るのである。

ついでに言えば、甚句が地の句の意味であるとする語原説の当否は別としても、まさに土地の歌であり、土地土地によって曲節を異にする甚句が詩形だけは七七七五を共通にしているという事実も、この詩形の流行が捲きこんだ結果を後にとどめたものであろう。

七七七五の詩形のもつ音律は、やはりわれわれの生活の中に滲透している。短歌について、ことわざ的な知識がこの詩形に盛られたものを紹介したので、それと並べて例を挙げれば、「九十九人が用心しても火事はひとりの油断から」という防災標語風なものがある。(8) こういう内容を言おうとする場合に、七七七五にことばが整えられるのである。夏目漱石の『三四郎』の一節には pity's akin to love という英語の句を「可哀想だた惚れたって事よ」と訳す話があるが、これも未完の七七七五のリズムに乗っているもので、適当な下の句を付ければどどいつになる形である。こういう一、二の例を見ても、七七七五が五七五七七と同じく日本人の内在律と化していて、機会があればことばの表面に現れようとしていることがわかる。

沖縄の琉歌では、この七七七五が八八八六に変化している。沖縄の人々は、われわれが短歌の形で思いを述べようとするのと同じように、琉歌の形にこめて感懐を表すことが多い。この八八八六という音律については、オモロ形が固定化したという説もあるが、本土の近世小唄の七七七五の影響を受けてクェーナ形の五・三音が合して八音化して八八八六になったものだと

説明されている。(9)

七

七七七五の音律は相当の程度まで深く日本人の内部に滲透して内在律と化したと言うことができる。あるいはそれ以前に、七五七五七五七五の形をもつ今様の詩形が同様の現象をひき起こしたことがあるかも知れない。平安朝末期から鎌倉にかけてのこの詩形の流行も相当有力なものであったと見受けられる。しかし、いずれにしても、短歌形式もしくは七五調ほどに強力に、根深く、そして長い年代にわたって日本人の内在律を支配し続けたものはないであろう。われわれの音律はなかなかその呪縛から脱し得ないし、一面それに囚われていることが快く、美しくもある。われわれの筆にする文章や口に上せる詞章の上にも、それはともすれば現れ出ようとする傾向がある。よいにつけ、悪いにつけ、日本人はまだ当分この呪縛からのがれることはできないであろう。

七五調については、周知のように、万葉集の五七調が古今集の時代になると七五調に転換するという興味ある事実がある。その理由については久しく思い当らないでいたところ、近ごろ金田一春彦博士のお考えを知ることができた。[10] その要旨は、古来の日本の歌謡における一般的な性格として、はじめをゆっくり、あとを早く歌うのが歌われる歌謡の約束で、これが万葉集においても五七調として現れているが、平安朝になって和歌が文字で書いて読み上げられるようになると、五音のあとに長い休止が来るために七五・七五・……と区切るようになり、このために五七調が七五調に変化した、というところにあると思われるが、このお考えには教えられるところが多かった。

それにしても、日本の歌謡の根本の音律がなぜ五音と七音となのであろうか。記紀歌謡の雑多な詩形では必ずしも五音・七音が絶対ではないけれども、五音と七音とがやはり有力であり、片歌・旋頭歌その他の歌体をなしてくるものは、すべて五音と七音の句の組合せをもって成っている。本論は、短歌の音律あるいは七五調というものが日本人を捉えて放さないのは、ある時代以後その詩形の流行がそれらの音律を生活の中にまで滲透させ、内在律と化せしめたからだと考えてみたのであるが、さらにその基底には、日本人がなぜ五音・七音に句を整えるのかという問題が横たわっている。筆者の知る範囲では坂野信彦氏の論[11]などがこの方面で注目せられるが、なお大方の諸賢の教示を得たいものである。

【注】

（1）三音から四音に延長せられるものとしては、「はるひ↓はるひの」の例がある。
（2）引用はいずれも日本古典文学大系による。
（3）「日本文学の発生　序説」（折口信夫全集新版第四巻所収）ほか参照。
（4）（3）に同じ。
（5）『恋の座』（昭二四、和木書店）所収。折口信夫全集新版第一四巻。
（6）同辞典（昭四七、東京堂出版）「尾道よしこの」の項。
（7）日本古典全書『近世歌謡集』解説。
（8）田河水泡作「のらくろ」の漫画より採集。
（9）小野重朗氏『南島歌謡』（昭五二、日本放送出版協会）。
（10）「五七調の由来」（『日本歌謡集成』巻四中古近古編付録・月報10、昭五五・六）
（11）「日本語律読法」（中京大学『教養論叢』二一巻三号）ほか。

【後記】

金田一春彦博士古稀記念論文集編集委員会編『金田一春彦博士古稀記念論文集第三巻文学芸能編』（昭和五九・七、三省堂）所収

金田一氏に初めてお目にかかったのは昭和四十六年のことであった。日本語の各時代の音韻を肉声化して復元してみたいという関弘子さんの企てが源氏物語を対象に定めたので、源氏物語の適当な箇所を選んでテキス

トを作らねばならない、氏がそれに記号を加えて関さんが作業に入る、だからテキスト作成に誰か適当な人が欲しい。こういう相談をもちかけられた相手が池田彌三郎先生だったので、先生は私を推薦された。三人でお会いすることになったが、実はそれ以前に私は関さんとは旧知の間柄だった。関さんは演劇のリサイタルとも言うべき形で折口信夫の芸能史を舞台化しようという大きな企画を持って「わざをぎのふるさと」というシリーズを重ねていられた。昭和三十九年その第二回の公演に初めて各時代の音韻復元の試みを実行された。奈良時代の音韻による丹波の奈具の社の物語、室町時代の音韻による熊野比丘尼の語りがその素材となったが、この時の脚本が実は私の執筆だった。関さんはその脚本を持って初めて金田一氏に教えを乞いに行かれたのだった。

そんないきさつを御存じなかったから、氏は私がすでに関さんはよく知っていますと申し上げた時ちょっと御不満のようだった。でも人を逸らさない氏のことだから、大変打ち解けて、これ以後私を身内同様に扱ってくださった。慶應の国文学専攻には国語学の専門家がいなかったので、カリキュラム編成にもそれが問題になったが、池田先生が金田一氏の協力を乞われて何人かの門下の方々に出講していただくことになり、中でも芳賀綏氏には長期間講師をお願いした。金田一氏とのお付き合いのこれは一端に過ぎないけれども、氏の古稀を記念する論文集に私が参加させていただいたのもそういう御縁あってのことであった。

信州遠山の木地屋遺跡——四十二年ぶりの採集報告

『東国古道記』の刺戟から

昭和二十七年の夏、池田彌三郎先生の提唱で、信州南部から遠州へかけて五泊六日の徒歩旅行を試みたことがあった。

その年の六月に柳田国男の『東国古道記』（上小郷土研究会刊、「定本柳田国男集」第二巻所収）が刊行されて、加賀様の隠し路とか、遠山道とか、いろいろ心を惹く話題が載せられていた。ことに天竜川の東にひと山隔てた谷を次々に結んで、ほとんど南北に一直線に貫いている遠山道というのがおもしろそうだ、今年の夏はみんなでこれを歩いてみないかというのが池田先生の提案だった。当時中等部の教員だった中尾達郎・清崎敏郎・仲井幸二郎、そして私というメンバーが早速その気になって、夏休みも末の九月二日に出発した。

池田先生は日程の都合で一日遅れて参加ということになって、われわれ四人が中央線を青柳で下り、まず金沢峠を越えて、高遠へ入ったのが第一日だった。金沢峠を越えたのはやはり『東国古道記』でこの峠が問題になっていたからだが、諏訪から杖突峠を越えて高遠へ入るのが遠山道の本道で、この道は柳田国男に拠れば遠山から水窪、そして森町から御前崎にまで至るのだそうだ。遠山道の全部はとても歩けそうもないが、遠山を中心にその前後を歩いてみようという計画だったから、翌日は高遠付近を採集して後、二手に分れ、中尾・清崎は飯田に泊って、池田先生と落ち合い、仲井・西村はバスで大鹿村に入って、鹿塩の温泉に泊った。北のほうから遠山へ入るのに、高遠から続く遠山道ならば大鹿村から地蔵峠を越えるし、飯田からならば小川路峠を越える。その両方を試みてみようというわけだった。

鹿塩の温泉にはこれといった印象も残っていない。この旅行の時に使った五万分の一の地図が今も手もとにあるが、その地図に鹿塩を出たのが七・二〇と記入されている。ここからその晩の泊り、遠山の上町までちょうど八里、三十二キロある。仲井さんは八里歩くのは初めてだと、ちょっと不安そうな顔だったが、私は少しばかりだが軍隊生活の経験もあり、もともと歩くことには心配がなかった。ただ歩くだけならば大丈夫というつもりだった。

日影岩の石碑

まず鹿塩川沿いに西南に進み、青木川との合流点から今度は南に溯って大鹿村の中心地市場に着く。ここから地蔵峠に向って谷合いに入ってゆくのだが、川沿いの道が左岸から右岸へ、右岸から左岸へと、何度も川を渡る。夏涸れの、どれほどの水量があるという川ではないけれども、二、三本の丸太を針金で束ねて渡した橋を何かしゃべりながら渡っていたところ、ふと仲井さんの返事がなくなった。振り返ると、丸木橋の向うに立ちすくんでいる。仲井さんの高所恐怖症を知ったのはこの時だった。

市場を出たのが八時五十分、途中で何度か十分ぐらいの休憩を取り、昼食も済ませているが、地蔵峠の頂上に着いたのが一三・一〇と記入されているから、登りだけで正味三時間半近く歩いた勘定になる。相当大きな峠だということが分かるだろう。信州のこの辺りには辞職峠の別名を持つ地蔵峠がいくつかある。新しく赴任してきた役人がこんな峠を越えるのではと辞職してしまったという笑い話の種なのだが、ここの地蔵峠もその名があってもおかしくない。ことに最後の登りがきつかったことを今でも覚えている。

下りは一気に谷へ降り、これからは遠山川の水系になって、ずっと川沿いに下って行くが、上町まではざっと見てもまだ四里近くある。疲れで少しぼやっとした頭で夢のように見過してしまったのが日影岩のところにあった木地屋の墓碑だった。それは急斜面が終って少し谷が開けたあたりだが、道と川との間、河原に大きな岩があって、岩の上に「南無阿弥陀仏」と彫った石塔と、墓碑と思われるやや小さい石碑とがある。その石碑のほうに十六弁の菊の紋が彫ってあったのだ。

「木地屋は菊の紋を使うことが許されていて、墓に十六菊を刻むんだそうだよね。」

と仲井さんと話していながら、その現場にいるという自覚が湧いてこなかった。夢の中にでもいるような気持ちで、そばへ寄ってみることさえしないで通り過ぎてしまった。あとで考えると信じられないような話だが、木地屋の遺跡に行き合うなどということは大変なことで、自分がその現場にいるという現実感がなかったのかも知れない。毎年民俗採集に出かけてはいても、まだそれほどに未熟だったのだ。

上町までひたすら歩き続けて、集落に入ったのは六時、山合いの村は夕方の気配が迫っていた。屋並みの中ほどまで来た時、

「おい、ここだ、ここだ。」

と声がして、二階の手すりから池田先生や中尾・清崎さんの顔がのぞいた。ほっとした気のゆるみもあり、その晩は池田先生を囲んでのにぎやかな話になって、木地屋の墓碑のことはそれきりになってしまった。

青崩峠を越えて

翌日は八時半に出発。小道木・和田・八重河内と遠山祭の採集でなじみになる村々を抜けて、青崩峠へと向った。遠山祭の採訪が始まるのはこの年の冬からで、この旅にはその土地を見ておこうという予備調査の意味もあったのだと思うが、みんな遠山は初めてだった。川沿いの道の一里おき、二里おきくらいに集落があり、川隈ごとにくるみの木があって青い実を垂れているのが印象的だった。

八重河内からは遠山を離れて、南に青崩を望みながら、峠へ向って半日の間登り続けた。青崩峠はその名のとおり青みを帯びた岩肌が望まれて、ずっとそれを眺めながら登ってゆくのが楽しかった。ただ、頂上あたりになると、岩場が崩れやすくて、切り立った斜面に人ひとり通れるだけの径が刻んである。足下は深い谷だから、岩肌に手ですがりながらやっと通り越す箇所もあった。

後から考えると、池田先生はきのうの小川路峠越えに続いて、青崩越えという強行軍にだいぶん疲れていられたのではないかと思われる。峠を越えて間もなく、「お前たち、先に行け。」

と、追いやるように私たちを先に行かせ、御自身はゆっくりと下りにかかられた。言われるままに先行したけれども、どこで待っていればいいのか分からないままに、道が平坦になったあたりで、河原に下りて遊んでいたら、だいぶん時間をおいてから追って来られた先生にこっぴどく叱られた。峠を越えて最初にある家には注意しなくてはならないのに、お前たちは何をやっているんだ。俺はいまそこの家に寄ってきたが、どうももと木地屋をやっていたのでないかと思われる。近江の「君が畑」の話をしたら興味を持って、どういう字を書くのだ、書いてくれと言われた。そんなことを話された。

まったく一言もない始末で、私など第一にそこに家があったことさえ気付いていなかった。とにかくこの道を歩きゃいいんでしょという調子で、進んで採訪することなど意識に上っていなかった。叱られてみればその通りで、みんなすっかりしょげてしまって、その後の道は黙々と足を運ぶばかりだった。水窪までの道がやたらに遠く思われた。地図にも足神様という祠のところに印がつけてあるだけで、あとは水窪到着が一九・〇〇とある。

遠山道は地元では秋葉海道と呼ぶのが一般で、われわれも秋葉山参詣をこの旅の最後に予定していた。翌日、西川までバスを使い、そこで天竜川を渡って、秋葉山に登り、今度は気田へ下って、気田泊りを最後として帰京するのだが、海道自体は秋葉からさらに南へ伸びているから、それで柳田国男は秋葉海道の名を避けたのかも知れない。ともかく池田先生に率いられて毎夏のように出かけた民俗採集の旅の中でも、一番よく歩いた、印象深い旅だった。

四十二年を経過して

日影岩の石塔・石碑のことはその後時々思い出して、気にかかり続けていた。考えてみれば、場所も遠山の谷の一番奥の集落である程野のさらに奥、地蔵峠から下ってきた最初の平坦地だ。はっきりと菊の紋を目に見ているのだから、おそらくかつてあのあたりに木地屋の住居があったに違いない。その年の冬にも、翌年夏にも遠山祭関係の採訪で遠山へは行っているのだが、そこまで奥深く入る機会がなかった。いつかそのうちにと思いながら、そのまま年月が過ぎてしまった。

話は一挙に四十二年を経過するのだが、平成元年に慶應義塾を退職し、その後思いがけない経緯から二年間勤めることになった焼津の短大も退職した後の平成六年九月のことだ。息子がいまごろになって夏休みが取れたから、運転手になってあげるよ、どこか行きたい所はないかと言うので、あれこれ考えているうちに、ふと遠山のことを思い出した。電車やバスを使って行けない所ではないけれども、直接現地まで入って、さらに近辺を自由に行動する便利があるという点では車にまさるものはない。これは絶好の機会だと思ったら、是非にという気になった。ちょうど諏訪関係でも、御射山の現地など見残している場所があるから、それを兼ねて二泊の旅にしようと計画した。

蓼科で二泊して、最後の日、高遠から遠山へと向った。地蔵峠は車では無理ということなので、飯田から昔の小川路峠の道を探りながら遠山へ向ったところ、三信南遠道路というのが建設中で、部分的にはまだ工事が続いているのだが、遠山にかけて山腹をぶち抜いたまっすぐなトンネルが出来ている。五キロばかりもある、皓々と照明も付けられているそのトンネルを、今はまだ無料でいいということで、時速百キロぐらいでぶっ飛ばすと、たちまち向うへ抜けてしまった。その間、対向車には一台会ったきり。夢のような思いだったが、もっと驚いたのは出てきたその地点が遠山郷の中でも程野の集落の上手、一番行きたかったあたりだったことだ。少し溯ればあの岩があるはずだと思ったら、果してその場所に出た。

再会した木地屋の墓

何だか印象が違うと思ったのは、昔は河原が開けて明るかった河岸が小暗い杉の林に変っていたせいだった。後で聞いて分かったのだが、二十年くらい以前から営林署の計画で河原にも杉の植林が進められ、岩のあたりも杉林の葉蔭に覆われている。しかし、岩の形など、記憶にあるそれと違いがない。ただ、岩の上に「南無阿弥陀仏」の石塔と墓碑とが並んで立っていたと思うのに、今は石塔だけになっていて、道を隔てた山側に墓碑が移されていたことだった。紛れもなく菊の紋があって、「円月妙貞信女」という戒名と「文政元年八月十四日」という日付が読み取られる。あの時の記憶にあったのはやはり木地屋の墓だったのだと思うと、感慨が湧いてくる。写真に撮ったり、メモしたりしていると、岩の向うの河原のほうへ下りていった息子がこちらにも墓石があるよと言う。これはまったく思いがけなかったことだけれども、大岩の下方、やや離れたあたりにこれも高さ五、六十センチ、先端の尖った、将棋の駒のような形で、いずれも菊の紋をはっきりと刻んだ二つの墓碑がある。ひとつは「春陽良隣信士」と読めるが、もうひとつは「□仲□参（?）信士」とだけしか判読できない。日付がいずれも天保三年二月なのは、はやり病でもあったのか。文政元年が一八一八年、天保三年が一八三二年だから、いずれも百数十年を経ている。近くの木地屋がここを墓所と定めていたのだろう。

折よく通りかかった軽トラックのおじさんに聞いてみると、この少し上手、まさに峠からの道が平坦地へ接するあたりにかつて数軒の木地屋の家があったのだそうだ。河原に水車を掛けてろくろを回し、栃の木で椀木地を作っていたという。昭和十何年くらいまで一軒残っていて、村の人達とも付き合いがあったそうだ。道の山側にある墓碑はやはりもとは河原の側にあったのを植林の時に移したのだそうだ。付近に「十三仏」と彫った碑もあったが、それは木地屋の子孫だという人が来て持って行ってしまった。もうひとつ、この上手に供養塔があると言う。

少し川沿いに溯ってみると、峠の真下に一軒と、そこから道が別れて尾根へ登るほうを少し上がったところに一軒と、人家があった。上の家のところから先は車が進めないので、そこから歩く気で、その家の主人に供養塔へ行かれないかと聞いてみたが、いまは草が茂っているから無理だと言う。今回はあきらめることにして引き返した。

再度の遠山行き

帰宅して後に少し木地屋のことを調べてみようと思って、民俗学会でその方面に詳しい橋本鉄男氏に文献の有無などを問い合せてみた。さすがに専門家で、まず氏子狩帳を見るようにという御注意と、三信遠の調査資料として『信濃の木地師』（宮下慶正編著）ほか数編のあることを教えてくださった。

文献資料は牧野茂君が国会図書館へ行くついでがあるからというので、コピーをとってくれたが、相当の量になって、ついでではすまなかったようだ。けれども、お蔭であれこれ読み合せてみると、あのあたりの木地屋の分布やかつての状況が分かってきた。遠山の、ことに程野のあたりは木地屋の多かったところで、戦前まではその苗裔も居住していたらしい。関心を引かれたのは、木地屋のしごとが立ちゆかなくなってから、営林署へ勤めるようになった人々のあることだ。そんな形で他地方へ移住して行ったという例が少なくないらしい。「十三仏」と彫った石碑も伊那市の小椋家の墓地に現存することが『信濃の木地師』に記されている。

翌平成七年三月に遠山再訪を企てた。今回は「南島の会」で奄美・沖縄の採訪をともにした仲間など十人ばかり、車二台に分乗して、三月も末近くなって出かけたのだが、季節はずれの雪に妨げられて、予定がだいぶん狂ってしまった。売木で一泊、翌日まる一日を遠山の木地屋関係に当てるつもりでいたのが、後述のような事情で時間がかかり、上村の役場に着いたのは四時ごろになってしまった。上村の教育長胡桃沢三郎氏が待っていてくださって、前島さんという若い方と一緒に日影岩まで同行してくださった。初めての人たちに現地の地形や石塔・石碑を見てもらい、トンネルの出口に近いあたり、前島徳一さんという八十いくつの御老人の家でしばらくお話をうかがった。この近辺にはずいぶん木地屋が多かったようで、日影岩のところには墓石だけでも何十とあったのだそうだ。大正から昭和初年ころの話が出るのだが、聞き取りにくく、お耳も遠いようで、十分な質問もできなかった。

気にかかっていた供養塔は前日の雪でとても無理だということだし、時間もなくなってしまった。役場の前島さんが行ってみたこともあると言われるので、またいつか訪れた際には御案内をお願いします、と言って別れたが、ちょっと残念だった。文献資料では疑問の残ることがいくつかあったし、このあたりの地理関係、地蔵峠の旧道・新道の状況などももう少し確かめておきたかったのだが、やむを得ない。

実はここへ来るまでに時間がかかったのは、八重河内のほうに木地屋の遺跡のあることを教えられたからだった。少しうかつだったのは、私がかつての上村も和田村も今はすべて南信濃村ひとつになったのだと思い込んでいたことだった。日影岩のある程野は今も上村なので、最初から上村に連絡を取ればよかったのに、南信濃村と思い込んでいたものだから、三隅治雄さんに頼んで南信濃村助役の桜井正佐さんを紹介していただいた。この日も遠山に着いてすぐに桜井さんを役場にお訪ねしたのだが、そこで、南信濃村では南の八重河内のほうに木地屋の遺跡がありますよと教えられたのだった。まだ昼前だったから、それならばそちらも見ておこうと欲を出したのが結果としては大変に時間を取られることになってしまった。

南信濃村の二つの遺跡

土地のことに詳しいからと紹介していただいた遠山常雄さんは七十八歳とうかがったが、いまでも山仕事をしているというだけあって、足腰がしっかりとしていられる。木地屋敷の跡を案内してくださるというので青崩峠へ向って車を走らせたが、山間へ入るときのうの雪が積もっていて進めない。すぐだから歩こうというので歩き出したが、結構峠の高いあたりまで登ったようだ。道が大きく曲がろうとするところで、この下ですから、と遠山さんが山の斜面の雪の上を滑るように下り始められたのには驚いた。たちまち木立の間に姿は見えなくなって、こちらですよ、と声だけがする。

このあたり、かつての秋葉海道が谷深くを通っていて、新道は山肌の高い所を縫っているのだ。旧道は部分的に復原して保存されているそうだが、屋敷跡は海道から少し離れて、沢水の便のある僅かばかりの平地だ。見回してみて、ここに屋敷を構えた理由がよく分かる。おそらく青崩の峠の直下、峠を越えて最初の人家ということになるのだろう。一隅に墓石が残されていて、十六菊の紋と「心相浄戒信士」という戒名とが刻まれている。「嘉永四年庚午」と年号は読み取れるが、日付は判読できない。

もうひとつ、青崩峠の東北方、ヒヨウ越へ向う途中の此田にも墓碑があるということで、これも見ておきたいと思って、車を走らせる。こちらは此田の集落のはずれ、一番上手の家に接したタラの畑の中に墓碑だけがある。同じように菊の紋と「曼相法林信士」という戒名が刻まれており、年月は「文□二□年正月二十日」とだけ読み取れる。遠山さんの話によると、かつて此田の集落の奥に木地屋の村があり、その村の青年と此田のある家の娘とが恋仲になったが結婚することができず、青年は病気になって、自分の墓を此田の集落の見えるところに造ってくれと遺言して死んだという。その墓がひとつだけ離れてあるのだそうで、なるほど不思議な墓のありようだと思われる。その由来譚は、歴史か伝説かにわかに判断しがたいが、木地屋の墓についてこういう伝えのあることは大変珍しく思われた。

この二つの墓碑のことは私の見た限りの文献には載っていないようで、あるいはもう少し正確に調査する必要があるかも知れない。いずれにせよ、遠山には心にかかる何か条かが残されている。

折口先生と木地屋

それはともかくとして、こうして調査をしている間に分かってきたことは大正九年の折口先生の三信遠国境地帯の旅のコースがもう少し北に寄っていたならば、その旅の成果が違ったものになっていただろうということだ。もちろん、この旅において先生は新野に雪祭のあることを知り、数年後に実地に採訪を行って翁の考察を深め、独自の芸能史を確立する契機を得る。この一事を取ってみてもこの旅が折口学の成立に大きな寄与をなしていることは明らかだ。また、その代表歌のひとつとされる、

人も　馬も　道ゆきつかれ死にゝけり。旅寝かさなるほどの　かそけさ

に始まる「供養塔」の連作や、矢作川上流の海の集落での所見に基づく「夜」の連作などが誕生したのもこの旅の経験に基づいている。だから、それだけでも、この旅の成果は折口信夫あるいは釈迢空の生涯にとって抜き差しならぬ意味を持っている。しかし、旅に出発する時点では、その目標のひとつとして木地屋の採集が企図されている。

この時の旅の手帖は「折口信夫記念古代研究所紀要」第四集に翻刻されている。新しい全集にも収録されたが、その最初に心覚えのためのメモと見られるいくつかの項目がある中に、

心川木地屋

という一項がある。心川は旧和合村、新野の北方で、鈴ヶ沢川の川筋にある集落だ。そこに木地屋のいることを聞いて書き留めたものだろう。だが、心川まで行ってみると、心川には木地屋は一軒もなく、もう少し上流の鈴ヶ沢の集落に「とっさま一人居る木地屋の家がある」と教えられる。鈴ヶ沢は過ぎてきたのだが、それに気づかなかったらしい。『海やまのあひだ』で

「供養塔」と並んでいる「木地屋の家」という連作もこの時の経験に基づくらしいが、後年自作の解説をした「自歌自註」では木地屋には実際には会うことができず、木地屋に会ったように歌っているのはフィクションなのだと明かしている。

先生がなぜ木地屋の家に行き合わなかったか、少し不思議にも思われる。新野までのこの旅の前半のコースは木地屋の多くいた地帯を通っていて、今でも地図の上に木地屋敷とか木地山などの地名をいくつも拾うことができる。先生が通った道筋の海や五軒小屋などの集落も木地屋が拓いたものだという（『信濃の木地師』に拠る）。それほど木地屋の影の濃厚な地域で木地屋に行き合わなかったのは、大正九年というこの時期にすでに木地屋の生活が成り立ちにくくなっていたのだろうか。新野から坂部に出て天竜川を渡り、先生は大津峠を越えて水窪に入っている。少し東の青崩峠を越えていたら、あるいはその北の遠山へ入っていたら、きっと木地屋に会ったに違いない。先生が執心を抱いていた木地屋に会えなかったのはなんとも残念に思われる。

池田先生が遠山道を越えながら木地屋に注意を向けていられたのも、折口先生の旅の関心のひとつが木地屋にあったことを思えばこそのことだったろう。四十年あまりが過ぎてからそんなことに気づくなど手遅れも甚だしいけれども、そんな歴史のひとこまにも関心を持ってくださる読者もあることだろう。不肖の弟子の懺悔としてお笑いいただきたい。

【後記】

「源流」復刊第一〇号（平成八年七月、源流の会）所載

源流の会というのは、私たちの学生時代、二年下の学年の人たちが同人誌を創ろうというので折口先生に乞うて誌名を頂いて始めた雑誌であった。その在学当時は三号雑誌という語の例に倣うような状況であったが、卒業後、先生亡き後に同人が再結集して池田先生を囲み、その励ましを受けて復刊したのであった。私も勧められて何度か同誌の紙面に参加させていただいたが、同人の中では仲井幸二郎さんが同じ職場で机を接していたし、採訪旅行の仲間でもあったので、同人たちにも彼を通じて親しむところが多かった。本章は副題通り懺悔の一文だが、折口信夫の学統の一面を描出しているので付載した。

あとがき

誰しも考えるのは同じようなことであろうが、老年になって自分の業績を顧みた時、生涯を研究者として過した人間としてこれだけは世に残しておきたい、小さな記念としたいという論文のいくつかが心に浮んできた。たまたまそんなことを話題にしたことがあったのだと思う。林弘治君とは彼の中学生時代の三年間を担任の教師と生徒という間柄で過した仲だったが、私の書いたものを目に触れるかぎりは読んでいてくれるありがたい読者のひとりになってくれていた。雑誌や紀要に書いたままになっている論文に愛着深いものがあると話したのを憶えていて、読んでみたいと言う。抜刷やコピーで四、五種のものを渡して、こういう一類のものをコピーの仮綴じでいいから百部ばかり作っておいて、偲ぶ会の受付ででも配ってくれれば気がすむんだよ、と冗談みたいに言ったものだった。彼は早速に知合いの業者に見積りを聞いてくれたりしていたが、間もなく病気の再発のために先立ってはかないことになってしまった。

私もその前後二度にわたる脳の腫瘍の手術などで、しばらくは目前のこと以外考えられない日々が続いていたが、一昨年だっただろうか、大修館書店の岡田耕二さんに相談を持ちかけたら、ひとつのテーマに纏まるようなら単行本として出版することも考えられますということで、それからにわかに視界が開けてきた。岡田さんは折口信夫の学統に対する理解が深く、私たちが折口信夫名彙の研究を世に出したいと望んでいた折にも聞き付けて出版を実現させてくれた。『折口信夫事典』が世に出たについてはそういういきさつがあった。以来気心の知れた間柄で、本書もその尽力で世に出ることになった。

所収の各篇については今回後記を付したので経緯を知っていただけると思うが、本文に関しては送りがなの統一を図った以外に、年月の間に違和感を生じるようになった箇所を整えるなど、岡田さんの注意に従った。ただひとつそれに従わなかったのは引用その他で先学の氏名を挙げた場合の敬称の不統一だった。公的な学問の立場としては一切敬称を省いて学説の客観的な立場を闡明にするというのが原則だということは知らないではない。所収の論文の中にも折口先生の名をさえ呼び捨てにしているものもあるが、読者の、あるいは原発表の機会の気分を思う時、それぞれの敬称でなくては論述に臨んでいる自身の心にふさわしいと思えない場合がある。本書の場合にはことにそれを感じさせられる文章が多かった。特に読者の理解と寛容をお願いしたいと思う。

私は戦後間もない時期に慶應義塾大学の学生として折口先生の教室に席を得て以来、幸いに先生の容認を受け、また復員間もなく教室に戻られた池田彌三郎先生の知遇を得て折口信夫の学問の真髄に触れ、生涯を学統に属する一員として過すことができた。私自身にどれほど独自の発明があったか、人に誇るには足りないけれども、それでも肉体の消滅とともにその思考がたちまちに烏有に帰すると考えるには耐えがたいなにがしかのものを捕捉し得たという自負だけは抱いている。

一例を、本書の核心としたテーマに即して挙げてみると、文学史の立場をどのように考えるかということがある。これとて折口学説を敷衍したものと言えばそれまでのことだろうが、具体化された様相はそれに尽せるものではない。われわれの手に残されている作品を年代順に並べて、AとBとの間になんらかの関連を見出して素因と結実であると断じて行く。こういう作業が文学史を組み立てると考えていたのでは本当に納得のゆく文学史を手に入れる日は訪れないに違いない。本書に「伏流する古代」という名を付けたのは、こういう問題点の指摘を願ってのことだった。もっと早くにこういう作業に取りかかればよかったと思うのは老いの繰り言に過ぎないけれども、本書が心ある人と邂逅することを願って小文の結びとする。

ものみなの涅槃に入らむ　寂けさに、白木蓮の初花　ひらく

平成二十年春

西村　亨

著書・編著書一覧

1 『歌と民俗学』 昭和四十一年七月 岩崎美術社
2 『王朝びとの四季』 昭和四十七年七月 三彩社
3 『王朝恋詞の研究』 昭和四十七年十二月 慶應義塾大学言語文化研究所
4 『旅と旅びと』 昭和五十二年一月 実業之日本社 有楽選書
5 『古代和歌概説』 昭和五十二年七月 慶應通信株式会社（通信教育教材）
6 『王朝びとの四季』 昭和五十四年十二月 講談社 学術文庫（2の文庫本版）
7 『新考 王朝恋詞の研究』 昭和五十六年一月 桜楓社
（3に「恋の文学形成に関する考察」を加え、学位申請論文としたもの）
8 『折口名彙と折口学』 昭和六十年九月 桜楓社
9 『折口信夫事典』（編著） 昭和六十三年七月 大修館書店
10 『知られざる源氏物語』 平成八年一月 大修館書店
11 『折口信夫事典 増補版』（編著） 平成十年六月 大修館書店
12 『折口信夫とその古代学』 平成十一年二月 中央公論社
13 『王朝びとの恋』 平成十二年九月 大修館書店
14 『知られざる源氏物語』 平成十七年十二月 講談社 学術文庫（10の文庫本版）

[著者略歴]

西村　亨（にしむら　とおる）

一九二六年東京の生まれ。慶應義塾大学文学部卒業。国文学を専攻。在学中から折口信夫に師事し、古代学の継承と王朝の和歌・物語の研究に努める。慶應義塾中等部教諭を経て、一九七〇年大学文学部に移籍。七四年教授。八〇年文学博士の学位を取得。八九年退職して、名誉教授となる。

伏流《ふくりゅう》する古代《こだい》

NDC914/266p/20cm

初版第一刷——二〇〇八年五月一五日

著者——西村《にしむら》　亨《とおる》
発行者——鈴木一行
発行所——株式会社大修館書店
〒一〇一-八四六六　東京都千代田区神田錦町三-二四
電話０３-３２９５-６２３１（販売部）
０３-３２９４-２３５３（編集部）
振替００１９０-７-４０５０４
［出版情報］http://www.taishukan.co.jp

装丁者——井之上聖子
印刷所——壮光舎印刷
製本所——三水舎

ISBN978-4-469-22197-8　Printed in Japan